蚂蚁书架
MY BOOKSHELF

林希
自选集

林希自选集

五先生
家贼
遛笼
善人坊

林希

著

天津出版传媒集团
天津人民出版社

图书在版编目(CIP)数据

五先生·家贼·遛笼·善人坊 / 林希著. -- 天津：天津人民出版社, 2020.1(2022.9 重印)
(林希自选集)
ISBN 978-7-201-15660-6

Ⅰ. ①五… Ⅱ. ①林… Ⅲ. ①中篇小说-小说集-中国-当代 Ⅳ. ①I247.5

中国版本图书馆 CIP 数据核字(2019)第 282118 号

五先生·家贼·遛笼·善人坊

WUXIANSHENG·JIAZEI·LIULONG·SHANRENFANG

出　　版　天津人民出版社
出 版 人　刘　庆
地　　址　天津市和平区西康路 35 号康岳大厦
邮政编码　300051
邮购电话　(022)23332469
电子信箱　reader@tjrmcbs.com

责任编辑　范　园
装帧设计　汤　磊

印　　刷　河北鹏润印刷有限公司
经　　销　新华书店
开　　本　880 毫米×1230 毫米　1/32
印　　张　8.25
插　　页　6
字　　数　160 千字
版次印次　2020 年 1 月第 1 版　2022 年 9 月第 2 次印刷
定　　价　48.00 元

目　录

CONTENTS

五先生

1

侯家大院南院里的侯七太爷和侯七奶奶膝下有两个儿子:大儿子侯天成,在他们那辈人中排行第五,人称五先生;二儿子侯宝成,在兄弟辈中排行第七,人称侯七。这两个孩子从生下来就跟着他老爹享荣华富贵,不知道柴米油盐是怎么一回事儿,整天就是吃喝玩乐,等到长大成人,就成了一对儿吃饭虫。

偏偏侯七太爷和侯七奶奶又早早地谢世了,留下了一点儿财产,没几年工夫也让这兄弟俩吃光了。吃光了怎么办?卖!除了房子,什么都卖。为什么不卖房子?因为把房子卖了,就再也不是侯家大院的人了,那就要自己出去找饭辙去了。

侯家大院有它的优越性,也算是铁饭碗,只要是侯家大院里的人,而且你还在侯家大院里住着,大家就一定不会看着你挨饿，各房各院到了吃饭的时候，都给五先生和侯七留出两双筷子来。

老七侯宝成有点儿机灵劲，街面上跟着瞎惹惹，走到哪里吃到哪里，倒也饿不着。至于侯宝成在外面惹惹嘛？这里暂先不提，等到了应该说他的时候，大家也就知道他都跟着惹惹什么事了。事情难就难在五先生侯天成的身上。侯天成身无一技之长，却还死要面子活受罪——他还嘴馋，他还要吃鱼，还要吃虾，还得单独给他烧几样小菜，各房各院都把五先生看作是一种负担。

于是，我从很小就知道侯家大院南院里的五先生是一条地地道道的吃饭虫。

吃饭虫侯天成早晨醒来的第一件事，就是躺在被窝里想今天到谁家去吃饭，想好了之后，及早动身，一过了早晨八点，他就挂号来了，好在也就是这几道院，一转身，就到了。有许多时候，我上学，才走到我爷爷房里，就看见五先生已经到了，正在我爷爷房里和我爷爷或者是我奶奶“说话”呢。说起“说话”，谁和他也没有多少话好说，不就是等着吃饭吗？今天有你这一号也就是了,也没有人问他今天想吃什么,常常是他自己先向你提出他今天的“要求”。“三娘”,五先生管我奶奶叫三娘,“昨天鱼市上的河刀鱼真鲜。”这就是说,他今天想吃河刀鱼。我奶奶二话没说,立即吩咐人去买河刀鱼,好喂这条吃饭虫。

在现代人看来,这种事有点儿不可思议了,明明是吃蹭饭,怎么还挑鱼挑肉?这就是时代不同,人们的观念也就不同了。那时候,中国人对于吃蹭饭,虽然心里不欢迎,但是表面上还得让人家过得去,先不说不能把人轰出去,而且也不能让吃蹭饭的人感到尴尬。他体体面面地吃,你还要客客气气地接应,必须要维持一种表面的礼貌,不得对人家说:“你总上我们家吃蹭饭来,我们家受得了吗?我每天到你们家吃蹭饭去,你愿意吗?”如此直截了当的做法,只有在民主共和之后,才在中国盛行起来;民主共和之前,中国人不好意思说这种话,也不好意思做这种事。

何况吃饭虫还是我们侯家大院里的一个成员,好歹他在侯家大院里吃蹭饭,比他到外边去吃蹭饭好看得多。关上大门,侯家大院是一家人,出条吃饭虫虽然不是光宗耀祖的事,可是看着他每天四处乱跑去吃蹭饭,全体侯姓人家的成员都会感到脸上无光。那时候人们都还有点儿共同荣誉感,一荣俱荣、一损俱损的观念,使不少的中国人吃过亏,也使不少的中国人占过便宜。

侯天成虽然是一条吃饭虫,但是他一点儿也不讨厌,他身上有许多优点,讨很多人的喜欢。吃饭虫若是三天不来,大家还就觉着日子过得没滋没味儿;几时吃饭虫来了,人们才来了精神。吃饭虫为什么讨人喜爱?因为他有“学问”。不是有用的学问,是没有一点儿用处的学问。他不会经商,他不懂经济,他不会算术,他不能出去做事,他不会做文章也不能著书立说——反正这样说吧,只要是有一点儿用处的学问,你也别找吃饭虫讨教。除了有用的学问之外,一切没有一点儿用处的学问,吃饭虫没有不知道的。他给我奶奶说戏,成本大套地说,《霸王别姬》一小折,他愣说了三天,从楚霸王起事说起,说到楚汉相争,再说到十年河东、十年河西,说到第三天上,才说到“虞姬虞姬奈若何”,听得我奶奶掉了三天眼泪儿。

除了会说戏之外，侯天成会画"小人"——就是画那种古装的戏剧人物，画谁像谁：苏三起解玉堂春，三堂会审，画得一个个人物惟妙惟肖。他还会画花样子，我的几个姑姑一看见侯天成，就围住他要他画花样子，他画得比外面送来的花样子还好看呢！此外，侯天成还会吹箫，还懂得养花、养鸟、养蛐蛐，什么都会，只要是没有用处的学问，他全会。

这样的吃饭虫，只怕你想请还请不到呢。

而且据我爷爷对我们说，五先生虽然身无一技之长，可是他是一个很有志气的人，他最终成为吃饭虫，和南院的败落有直接关系，更是侯七太爷和侯七奶奶对两个儿子娇宠的必然结果。我爷爷说，他早就对侯七太爷说过，不能把孩子宠爱得好吃懒做，更不可在读书上放松对孩子的严格要求。侯七太爷和侯七奶奶有他们的理论，他们说南院这两个宝贝疙瘩，用不着读书，也用不着有什么本事，只南院里侯七太爷的财产，就够他们吃一辈子的了。可是侯七太爷到底是一个腐儒，他想不到还要涨物价，后来叫通货膨胀，而且通货一膨胀，没几天时间，钱就"毛"了；他更想不到还要发行新货币，新货币一发行，旧货币就变成废纸一张了，再拿出去买东西，人家就不认了。就这样三折腾两折腾，侯七太爷的钱被折腾没了，到了他发现自己几乎一文不名的时候，晚了，他的两个儿子已经都成了吃饭虫了。

不光是成了吃饭虫，还留下了一身的毛病。侯七太爷在世的时候，每天给两个儿子一把钱，由着两个儿子出去“造”，不把钱花光，两个儿子不回家。怎么“造”呢？那时候没有桑拿浴，也没有夜总会，再说到底，侯天成和侯宝成是侯家大院里的孩子，两个人还胆小，不敢在外边做坏事，明知道有那种好玩的地方，两个人也不敢去。如此，侯天成和侯宝成在外面也就是听个戏、喝个茶呀什么的，别的事，倒是也没干。

侯宝成本质上不是个老实孩子，没多少时间，他就找到自己好玩的地方了，这样他就扔下他哥哥，一个人跑得不见踪影了；侯天成不做出格的事，还是在园子里坐着，喝茶，听“玩意儿”。

在天津卫，一面喝茶一面听“玩意儿”，是有钱人家老少爷们儿的一种享受，只是各位看官要听仔细，这里面的“听”，有分教，这不是一般的“听”，这是一种死“听”，一听就是一整天，从早晨园子开门，进去，园子给这位爷留着座儿，坐下之后，一听就是一整天。饿了，在园子里吃——不是自己带午饭，那时候也没有麦当劳、肯德基，更没有后来兴起来的那种盒饭。那时候在园子里吃，是到了吃饭的时候，伙计看你还不走，就过来向你询问：“爷，午饭给您准备点儿什么？”

“给我上万顺成要一盘锅贴吧。”

“好嘞，爷。”就这样，不一会儿时间，热腾腾的一盘锅贴就送到你桌上来了，而且不要现钱。园子里还管饭吗？当然不管，到走时，一起算到你的“茶钱”里面了。

一“听”就是一天的地方，到底是唱什么的呢？反正是不能唱“大戏”吧？那时候还没有京剧这个词，人们管京剧叫“大戏”——看“大戏”去，就是看京剧去。京剧演出有它的规矩，一出一出，先是帽儿戏，再是正戏，最后还有一出大轴戏，最多不会超过三个小时，所以听京剧，没有一面听着《打渔杀家》一面吃锅贴的。

那么，一面喝着茶，一面吃着锅贴，还一面“听”的

“玩意儿”是什么呢？就是现在的曲艺。那时候不叫曲艺，天津人叫什样杂耍，也有人直呼其为“玩意儿”。“跟我听‘玩意儿’去。”就是拉着你一起听曲艺去。

天津是曲艺的发祥地，天津曲艺堪称是全国第一，品种多，水平高。天津的曲艺有相声，有大鼓。大鼓里有京东大鼓、京韵大鼓、西河大鼓、梅花大鼓。此外还有单弦、坠子：河南坠子、山东坠子，还有数来宝、山东快书，等等。那才真是百花齐放呢。

侯天成坐在园子里听玩意儿，一听就是一整天，一听就是一个月，一听就是一年，到了他发现他的老爹已经病入膏肓、身边离不开人了的时候，他老爹也拿不出钱来让他听玩意儿去了。

侯天成是长子，老爹有病自然要守在床边，可是五先生还有听玩意儿的“瘾”，一天不出去听玩意儿，这一天就过得天昏地暗，人虽然是坐在了老爹的病床旁边，可是心却早就飞到园子里去了：那一曲曲的梅花调、一段段的相声，总是时时地在他的耳边萦绕，坐着坐着，扑哧一下，侯天成自己就笑了——这时他正想起了一个包袱，有后劲，越琢磨越“哏”，老爹那里正喘不上气来，他倒扑哧一下笑了，他老爹看着他的样子可怜："天成，你忙去吧。"话音未落，哧溜一下，人就不见了，侯天成跑到园子里听玩意儿去了。

这一天，侯天成正在小梨园里听石慧茹的单弦《白帝城》，好不悲烈，"刘先帝，看罢了天来看罢了地，尊一声军师你细听分明。"声泪俱下，刘备就要向诸葛亮交代后事了。恰在此时，侯七侯宝成急匆匆地跑进园子来，人群里找到哥哥侯天成，走过去一把将侯天成拉过来，说了一句话："哥哥，老爷子没有了。"

侯天成一听，就向他的七弟挥了一下手，当即就向他的七弟说着："怎么会没有了呢？还有好些话没对诸葛亮说呢。"

就是这样，侯天成还是被他的弟弟拉走了。拉回到家里一看，果然老爷子没有了，侯天成往地上一跪，当即就哭了一声："先帝爷呀！"玩笑了，这是后人们给侯天成编的笑话，带有一点点诬蔑。侯天成好脾气，也不往心里去，符合人物性格，侯家大院里的人都爱瞎编，就让他们编去吧。

侯七太爷和侯七奶奶去世之后，南院里两位吃饭虫的日子就不好过了。侯七太爷其实并没有留下什么东西,没吃二年,就吃光了。吃光了怎么办?侯天成说不出办法,侯宝成更说不出个办法来,两个人大眼瞪小眼,哥哥说弟弟应该出去做点什么事,弟弟说哥哥应该出去做点什么事,两个人谁也不出去做事,那就在家里做吃饭虫了。

前面已经说过了,侯家大院里吃饭虫多着呢,也就是吃饭时多放两双筷子罢了,可是光坐在家里吃饭也不是长久之计,我爷爷就对五先生说:"天成,你已经是30岁的人了,难道你就总也不成家吗?"我爷爷的意思是说,五先生至少也要为自己做些打算,吃饭可以到各房各院来吃蹭饭,可是娶媳妇儿,总不能蹭出个媳妇儿来吧?但是五先生对于自己的婚事似是并不着急,他想也没想地就对我爷爷说:"一条吃饭虫就足够讨厌的了,再找一条吃饭虫,两个人一起吃,叔叔伯伯们就是看着我老爹的面子,只怕也养不起了。"

你瞧,他倒明白道理,而且他还想做一辈子吃饭虫。

没有办法,他自己不想出去做事,谁也不好逼着他出去做事，要不就像是大家不肯养他似的。不就是吃饭吗？好办，以我们正院为主，各房各院轮流着管他吃饭。一连两三年，侯天成也没有饿着，而且养得还很是滋润，出去走在街上，和我们这院里的叔叔伯伯们一样，一看就是公子哥。

光吃饭不行，有时候我爷爷还看着侯天成在家里待得难受，于是就在吃过饭后，给五先生几角钱，让他出去“散散心”。怎么散心呢？自然就是听玩意儿去了。

这里，就说到五先生的志气了。五先生在侯家大院做吃饭虫心地坦然，但是让他拿着叔叔、伯伯的钱去听玩意儿，他就于心不忍了，有好几次他是含着眼泪儿和我爷爷推推让让，就是不肯接钱，他说在家里各房各院走走就够开心的了，和弟弟妹妹们说说话，一天也过得十分惬意，如此就没有必要出去“散心”了。可是我爷爷知道五先生的心事，就一定要他拿钱去听玩意儿，五先生不好辜负我爷爷的一片好心，最后也还是拿着钱出去了。有人说，五先生走出门去的时候，脸上都闪着光，那种高兴劲儿，简直就无法形容。

于是，为了听玩意儿，五先生一定要想出个自己挣钱的办法来。五先生有什么挣钱的本事呢？天津卫最能挣钱的生意是卖鱼，五先生会卖鱼吗？活鱼能被五先生卖死，死了也未必就能卖出去，卖不出去就臭在鱼桶里。鱼卖不出去，五先生又不肯回家，最后连五先生自己也变臭了，这才拉倒。此外呢，挣钱的道儿当然有的是，可是任何一条挣钱的道儿，对于五先生来说都不合适。有的丢面子，有的要力气，有的又太占时间，连听玩意儿的时间都没有了，五先生干不来，于是也就一一地放弃了。最后，五先生终于发现了一条对于他来说是最便当的挣钱道儿，什么道儿？卖文。

卖文，就是后来说的投稿——自己写出小文章，给各家报社寄去，报社采用，登出来，给你稿费，那时候叫润资，就是给你点润笔的钱，有限，那时候的润资不以字数计算，那时候以篇计算，一篇上好的文章，最多能换到手五角钱，能买两斤棒子面。虽然润资不高，可是你可以多写，每天能卖那么两三篇，一家人也就能过上不错的日子了。所以，那时候没有出路的文人就都暗中在走这条道儿。

投稿不是一种体面的事吗？怎么还在“暗中”进行呢？时代不同，人的地位不同，所以投稿的品位也就不同。鲁迅先生投稿是一件光荣的事，鲁迅先生堂堂正正地投稿，各家刊物抢着拉鲁迅先生的稿子，而且付高稿酬，世人还尊称鲁迅先生为大作家。但是类如侯天成这样的没落文人投稿，就不是什么露脸的事了，那要偷偷摸摸地“投”，而且，还得有“投”的方式，更得有“投”的时间。

这一说，青年作家就不明白了，自由撰稿人，管他的什么时间、方式，想怎么样就怎么样。不对了，诸位先生，你们是不知道此中的底细。那时候，天津海河的西河沿，有一个无形的市场，每天天不亮，各路的“文豪”就开始往这儿聚集，各人兜里揣着各人的文稿。到了西河沿市场，就人挤人地来回转，转着转着，就有人过来和你搭话了：“带的嘛稿？”这个向你问话的人，自然是小报的编辑，他是到西河沿“买”稿来的，发现有合他心意的文稿，一手交钱，一手交货，他把文章买走，到了报社立即发排，这一天的版面就算是“齐”了。

当然，日久天长大家也就熟悉了，到了西河沿，熟人找熟人。“立秋咬瓜的文章有没有？”编辑主动就向你提出组稿的要求来了。“哎呀，明天给你带来吧，我这儿有一篇牛郎织女的文章。”这时，那位编辑就说话了，他一挥手，极是厌恶地回答那位“作家”说：“那臭玩意儿满河沿都是，卖到一角钱一篇都没人要呢，你留着吧。”卖不出去，“窝”在手里了。

五先生当然比那些卖稿的人高明，他底子深，除了关乎时局的文章他不写之外，无论什么题目也难不住他，历史地理、诗词歌赋，他写过一组关于天津曲艺的文章，一次就卖出去十篇，还卖了个好价钱，那一天他就挣到手二十元。

总这样卖文章，我们的五先生岂不是就成了作家了吗？不行，这样卖出去的文章，发表时不能用自己的名字，嫁出去的女儿，泼出去的水，这类卖出去的文章，作者没有署名权，也没有人想借你的文章出名，类若现在的剽窃著作权。那时候发表这类文章，就是由编辑随便起个名字，譬如“云中客”“尘外人”之类，用过几次，觉得名字有点臭了，就再改个名字，再譬如什么“东方来者”“阿里加都”，等等，反正是名字越古怪，文章就越有人读。

五先生每天都有好文章卖出手,我们家里有许多报纸，大家也看不出哪篇文章出自五先生的手笔,五先生卖文章时也不问买方是谁,他也不管自己卖出去的文章是发在了头条,还是发在了末条,反正把钱挣到手,又用这点钱听玩意儿去了。过后,五先生就又要想新点子了。

我怎么知道五先生在暗中干这种“活”呢？因为五先生向我问过:“你们五年级的学生爱看什么文章？”因为那次是儿童节快到了，一定是报纸想出一个专刊,给小学生们看。当时,我就回答五先生说:“我们五年级的学生最爱看侦探拿贼。”事情过去之后,有一天我看晚报,正好看到一篇写侦探拿贼的文章,文章的开头是这样写的:“我家小侄子说,五年级的小学生最爱看侦探拿贼的故事。说起侦探拿贼的故事,外国有福尔摩斯,中国有陈查理……”当即,我举着这份报纸就跑到了我爷爷的房里，把报纸往我爷爷面前一放，我就对爷爷说:“您看,这是我五叔写的文章。”

我爷爷拿过报纸一看,不对,文章下面的署名是

“茶余君”。

我爷爷说:“这怎么是你五叔写的文章呢,明明是一位茶余君先生的文章嘛。你怎么连你五叔叫侯天成都忘记了呢?”

“爷爷,你是不知道,这年月人们乱起名字,前几天我读到的一篇文章,下面的名字居然是‘小虾米’。”

没有再和我说什么,我爷爷就让人去南院把五先生找来了。五先生走进我爷爷的房里之后,先问过我爷爷的安好,然后就等着我爷爷向他问话。

我爷爷手中拿着报纸, 向五先生问着:“天成,这文章是你写的吗?”

五先生犹疑了一下,然后才回答我爷爷说:“在家里也是闲得没有什么事情好做, 就写点儿介绍知识的小文章,谁想到就传出去登到报纸上了。”五先生不会说谎,其实他只要一口咬定说不是他写的,我爷爷也没地方去调查, 这样也就不会挨我爷爷的一番教训了。

我爷爷倒是也没有责怪五先生走卖文为生的可耻行径,他只是对五先生说:

“你父亲早早地去世了，你又一直没有找到合适的事由，愿意给孩子们写点知识性的文章，也无可责备，只是你不知道，这写文章是最容易招惹是非的，历朝历代，都最讨厌文人的胡说八道。”

“天成不评说时局。”侯天成是个老实人，当即就承认他干了卖文为生的行径。

“你评说也不管用，那时局是人家英雄好汉制造出来的，光听读书人评说，岂不就要误了大事？所以，有时候当局压制一下社会舆论，也是出于无奈。中国这么多的人，没有一个人说话算话，那岂不就乱了天下了吗？”

“天成明白。”五先生对我爷爷说着。

“我看这样的小文章就不错。”我爷爷指着报纸对五先生说着，“写文章么，就是说些无关重要的闲事才好，养花养鸟呀，吃喝玩乐呀，天下奇谈呀，写什么都行，就是少管人家的事，常言说，天下兴亡，匹夫有责，其实不过就是一句空话罢了。我已经是七十岁的人了，天下兴亡了这许多回，哪次是我的责任？芸芸众生，老百姓就是多烧香、多磕头，可万万不能给自己和家里惹麻烦的呀。”

“天成明白。”五先生又是连连地答应着。

“明白就好,这样我也就放心了。”我爷爷点了点头说。

2

五先生卖文为生的行径得到了我爷爷的默许，这一下他就有恃无恐了，夜里他写文章，不等天亮就拿到西河沿去卖，卖上钱来就往小梨园跑，跑到小梨园，一坐就是一整天，鱼儿得了水呀，五先生可是活得太惬意了。

小梨园是天津卫专门演唱曲艺的地方，比不得中国大戏院，但是比起天华景、上权仙这类中等戏院来，小梨园还是很有点儿气派。无论什么人物，坐在小梨园里，都不失身份，听曲艺嘛，萝卜白菜，各有所爱，你爱听马连良、梅兰芳，我就是爱听荷花女，爱听现在正在走红的杨彩月。正好，今天又是杨彩月唱头牌，五先生等着这天的好曲，终于也算是把日子盼到了。

不过，五先生进小梨园，和一般的听众不一样，怎么不一样？一般的爷进小梨园，先不买票，大摇大摆地就走进去了，走进小梨园，伙计高有庆按照客人们的不同身份，给每位爷找好了座位，然后茶水送上，果盘摆好：上等的客是正兴茶庄的袋茶，四个果盘，黑瓜子、白瓜子；青萝卜只有两片，比纸还薄；再有四颗青果，也就是橄榄。随后，送手巾把儿的伙计再把手巾把儿送过来，如此，这位爷就算是坐下了，只等着听玩意儿了。

早以先，五先生进小梨园，也是上等的待遇，这倒不是五先生自己摆谱儿，这是台上的老板给五先生留下的一点点孝心。五先生怎么就能得到这种待遇？五先生给台上的老板写大鼓词。

说到写大鼓词，这就是五先生的一点儿雅好了。有学问的人都知道，这世上最好写的文章，是为圣贤立言的文章，那文章里面的每一句话、每一个字全都是圣贤们说过的，有案可查、有据可考，你只要把它发挥一下，就算是你的“大作”了，这就和吃豆儿放屁一样，那是全不要你自己费任何功夫的事。而写大鼓词，那就非同一般了，孔子能著《春秋》，但他写不了大鼓词，你给他开个头："说的是那个小红娘，摇摇摆摆，摆摆摇摇，来到了西厢之下……"请他再往下编，他没词儿了，他得问你："这是嘛？"天津卫讲话——"瘪"了。司马迁著《史记》，他写过《刺客列传》，可是后来大鼓词里面的那段《荆轲刺秦王》不是司马迁写的，为什么？他的学问不够用。

写大鼓词，比考科举难。考科举，一篇文章最多也就是写上三天三夜，过了三天三夜，考场关门，你就得给人家交卷；写大鼓词，字字斟酌，又要文雅，又要人人都能听得懂，还要有辙有韵，一个上等的大才子，几年磨不出一篇好大鼓词。清末文人韩小窗，一生留下了三五篇大鼓词，一直唱了几十年，那才是一字不可增减呢。所以，有人说，写大鼓词，好汉子不肯干，孬汉子干不来。我们五先生有吃有喝，没有温饱之忧，又很有点老学问底子，你说，他不正好是写大鼓词的材料吗？

就这样，我们五先生表面上是卖文为生，但卖文之外，他还一字一句地磨他的大鼓词，这许多年他也磨成了好几篇。真人不露相，他只等着偶尔露峥嵘了。

如今，天津卫唱梅花大鼓最有名的老板叫杨彩月，正在好时光，只有十八九岁，脸蛋儿也长得俊，好身段，好容貌，好人缘儿，几个好都赶到了一起。杨彩月在天津卫一连唱了两年，虽然说也有了点儿名声了吧，可是总也上不了高台面。顶多也就是在小梨园里唱个头牌罢了，再高的台面，上不去了。上次人家几位名角儿联合北京上海的名角在中国大戏院公演，门票卖到四十元，座无虚席，就是没有杨彩月。那一次杨彩月想登中国大戏院的台，几乎拜过了天津卫所有有权有势的爷，功夫下到了，品位不到，到了挂牌的时候，还是不见杨彩月的名儿，为了这，气得杨彩月险些没投大河。

那一天，有名声的角儿都上中国大戏院献艺去了，有头有脸的爷，也都上中国大戏院听玩意儿去了，小梨园前排的八张桌子，空着七张，只有中间的一张桌子，坐着侯天成。茶水、干鲜果品摆好，他就是要听杨彩月的梅花调。

杨彩月在冷冷清清的小梨园打扮停当，精精神神地走上台来，她老爹杨十八跟在杨彩月的身后，走到台上之后，没敢抬头，就一屁股坐在了板凳上，架起弦儿来，就拉了一个过门。

若在平日，小梨园座无虚席，杨彩月总是踩着碰头好走上台来的，那时候杨十八也精神，就像是满场的叫好声都是冲着他一个人来的，在一片喝彩声中，他父女二人站在台上，垂目向台下望去，那才是个个聚精会神、人人目不转睛地往杨彩月身上瞧着呢。这时，杨彩月低声先唱出一口“云遮月”——就是压低着声音唱定场诗，立即掌声雷动：“好！”“好！”整个小梨园精神起来了。

但是今天，前排的八张桌子空着七张，那七位爷，人家去中国大戏院了，只有侯天成一定要听杨彩月，他没去中国大戏院，还是准时不误，来到了小梨园。

“咕咚”一声，杨彩月向着台下的听众跪了下来，她含着热泪，几乎是泣不成声地向众人说道：“学徒杨彩月给各位爷磕头了，杨彩月在天津卫侍候各位爷们唱了这好几年，虽然说是唱出了人缘儿，可是玩意儿上却不见长进，电台播音，轮不上我杨彩月；大戏院的合台演出，也没有我杨彩月的份儿，也只有几位心疼彩月的爷们，才时时惦着彩月。杨彩月感谢几位爷的疼爱，今天的曲牌就请几位爷点吧。”说着，杨彩月掉了几滴眼泪儿，才又站起了身来。

杨彩月才站起身来，就在她身后，杨十八又“咕咚”一声跪了下来，杨十八跪在台上，只向着侯天成一个人说着：“这位是侯府上的五先生吧？”

侯天成发现杨十八冲着自己下了跪，当即就站起身来，向着台上的杨十八施了一个礼，然后便对杨十八说道：“杨老板有话站起来说，我侯天成实在是不敢受您的拜谢。”

杨十八施过礼后，站起身来，直对着侯天成说道：“我杨十八带着个女儿也在江湖上混了这许多年，就是琢磨不透这个歪理儿，怎么着杨彩月就上不了高台面？”

“那你说呢？”好在今天小梨园里没有几个听客，台上台下也就随便起来了，侯天成听着杨十八的抱怨，就向杨十八问着。

“恕杨十八口冷，天津卫欺生。”杨十八认为杨彩月之所以没有唱出名分，是天津人不认外来户。

“不对。”侯天成当即就对杨十八说着,“我就是天津人,我怎么就不欺生?今天中国大戏院里登台的不全都是生脸儿吗?人家怎么就奔那里去了呢?”

“他们做艺不规矩,使腥儿。”杨十八说的是门里话,他是说中国大戏院登台的艺人们不老老实实做艺,他们靠的是脸蛋儿,还有屁股蛋儿。

“不对,就算你让你的杨彩月使腥儿,她不也是卖不到中国大戏院去吗?”侯天成还是坚持他的看法,对杨十八说着。

“杨十八听五先生点化。”杨十八站起身来又要下跪,这时侯天成一挥手把他拦下,当即侯天成就对杨十八说道:

“大家伙还等着听玩意儿,咱们先请杨老板唱曲,有什么话,咱们散场之后再说。”说罢,杨十八就又坐了下来,拉起弦儿来,杨彩月也就唱起来了。

好不容易盼到散场,杨十八带着女儿杨彩月走到台下来,本打算拦住五先生向他请教,没想到扑了一个空,就是刚才五先生坐的那张桌子,五先生早走得没有了踪影,只留下一只空茶杯放在桌上,还有一堆瓜子皮。

“走了,好大的架子。”杨彩月不无抱怨地说着。

但是杨十八眼尖,他看见瓜子盘子下边压着几张纸,赶紧取过来一看,工工整整的蝇头小楷,写着足有八九十行,一行行,一句句,开头四个字:《黛玉葬花》。

“这是什么?”杨彩月凑过来看,又向她的老爹问着。

杨十八识得几个字,就把这几张纸展平了细读,这一读,他明白了,回过头来,他兴高采烈地对女儿杨彩月说道:“闺女,仙人引路,咱们父女二人有饭吃了。”

“怎么就看出有饭吃了呢?”杨彩月不解地向她老爹问着。

“你瞧瞧,人家五先生把话已经给咱们点到家了。为什么咱们唱了这许多年没唱出名声?就是因为咱们总是唱人家唱过的段子,人家唱过的段子,再好,也不是咱们自己的段子,可是唱新段子,没有人给咱写,写出来也不适合咱们的唱法,五先生知道你的唱法,知道你的路数,五先生这不是说了吗,要咱们唱《红楼梦》。可是《红楼梦》没有现成的段子,五先生这才给你写了一个新段子:《黛玉葬花》,这次咱们有自己拿手的玩意儿了。”

对于一个艺人来说,得到手一个新段子,而且又是一个文人千锤百炼写成的新段子,那才是如获至宝一般,从此她就有饭吃了。只是那时候人们不懂稿费一说,文人们写大鼓词,也被看作是一种不成器的行为,所以一篇大鼓词可以使一个艺人唱红成名,而写大鼓词的文人却一文钱的好处也得不到。说起来,大鼓词的难得,原因也许就在这里。

一曲《黛玉葬花》唱红了杨彩月,小梨园场场爆满,一时之间,杨彩月成了天津卫头号新闻人物。

多少年来,小梨园上演曲艺,最多时也就是六七成座,而且上演曲艺的剧场,又总是听众出来进去地随时走动。这位老板的人缘儿好,到了他上台的时候,人就多;那位老板没唱出好人缘儿,到他上场时,呼啦啦人就走了一大半;再过一会儿,估摸着好角儿又要上场了,这时候,又呼啦啦涌进来好多人,把一个小梨园挤得满满当当。

可是自从杨彩月挂出头牌，唱《黛玉葬花》，不到开场，小梨园的座儿就卖光了。杨彩月是压轴的角儿，总是要到最后才登场，怎么人们这么早就来了呢？没什么秘密，来迟了，座儿就没有了。开场之后，自然是一片人声鼎沸，一直要到后半场，园子里才会安静下来，这时候，就只见早早跑进来占座儿的爷们儿，一个个地往后看，直看到主家来了，他才站起身来，把位子让给真正要听玩意儿的爷。

听明白了吗？原来最先占下座位的爷，只是听帽儿戏，真到了杨彩月登台的时候，他就把座儿让出来了。让给谁了呢？也不是外人，这里面有天津卫的议长，有商会会长，有警察局局长，还有龙国太——前朝总理大臣的老娘，还有于十奶奶——天津卫顶有钱的老祖宗，反正，前边是八张桌子，除了其中一张是侯天成的座儿之外，其余七张桌子，全都是有头有脸儿的人。

杨彩月唱《黛玉葬花》，那才是对了功夫。杨彩月，中等个儿，瘦瘦的身材，看着就像是一个林妹妹；再听杨彩月的嗓音，细细如水，一出声，就带着三分的病腔；再加上杨彩月做派好，一双眼睛总是水汪汪地含着眼泪儿，如此，一出场，就是活脱脱一个林妹妹。

“侬今葬花人笑痴，他年葬侬知是谁？”

唱到动情时，杨彩月双眼含泪，小梨园满堂的听众，人人抽鼻子，坐在前边的龙国太、于十奶奶更是“哧”“哧”地擤鼻子，这一下可忙坏了送手巾把儿的伙计了，满场子跑，还是照顾不过来，到后来也只好是保重点，只照顾前排的那几张桌子上的贵客了。

杨彩月得真人指点，唱对了功底，她对侯天成的感激之情，那是无法表达的——侯天成就是杨彩月的恩师，就是杨彩月的引路人。杨彩月说，五先生，从今之后，您老就每天到小梨园来坐着，馆子里，我给您老立了折子，几时饿了几时去吃，想吃什么，您老就吃什么，到了月头我替您老人家结账。吃过饭，您老看着哪家澡堂子好，您老就进哪家澡堂去泡澡，也不用您老自己掏腰包，按月我替您老付钱。光管您老吃饭、洗澡还不够，我还管您老的零花钱，无论用多少钱，只要您老说句话，就是我一时身边不宽裕，当了行头，我也不能误了您老的用项。

我们五先生当然有志气，他把杨彩月拉扯起来之后，一点儿报酬也不要。五先生说只要你每天给我留一个座儿就行了，我就是爱听你唱。

一连大半年，五先生每天晚上到小梨园来，杨彩月把最正的那张桌子留给五先生，而且摆好干鲜果品，泡上最好的茶，请五先生听曲享福。

五先生说，这梅花调，就是得唱《红楼梦》，以前没有人唱过，是没有人给老板们编段子，自古以来，曲艺行都是师父的传授，一板一眼、一腔一韵，师父怎么教，自己就怎样学，没有一点儿个人的创造。谁想出了一个新腔，才想试唱，人们就说你是唱“走”了调；谁说老段子已经老掉了牙，可是梅花调和别的曲种不一样，没有点儿老学问底子，编出来的段子，就是唱不出味来。所以这许多年，别的曲种都唱到《王老五打光棍》了，只有梅花调，还是那几个老段子：《断桥会》《霸王别姬》，新段子一个没有。

而如今五先生给杨彩月写了一个《黛玉葬花》，使梅花调得了一场甘霖，终于，能给梅花调写段子的秀才找到了。

五先生自然也知道，梅花调的段子并不难写，中国这么大，有学问的人这么多，这几千年什么好文章没有写出来，怎么一个梅花调就没有人会写呢？不是没有人会写，是没有人肯写。只靠着肚子里那一点儿墨水，写个鼓词呀什么的还能凑合，写梅花调，要有点好功底。侯天成一个没落文人，正好一肚子的学问没有地方用，再加上他对梅花调的喜爱，于是兴之所至，他就给杨彩月写了这一段《黛玉葬花》。

一曲《黛玉葬花》唱了大半年，据说龙国太已经能倒背如流了，台上杨彩月唱一句，台下龙国太跟一句，一板一眼没有一点儿差错，《黛玉葬花》已经成了梅花调的绝唱了。五先生当然不会就此罢休，他每天除了写小文章卖钱之外，一有了时间，就坐下来琢磨新段子，一连过了半年的时间，一段《宝玉探晴雯》又写出草稿来了，一字字，一腔腔，五先生一面写作、一面击案，果然如清朝写《长升殿》的洪升一般，他已经把木案击出两道深沟儿来了。

看着杨彩月唱出了名，五先生比自己中了状元郎还要高兴，每天他去小梨园，步子轻得似架云。坐在小梨园里，他微合双目，以手击桌，一板一眼，他听得出神入化，那才是和袁世凯坐龙椅一样，美得就似登了天一般了。

五先生心想，这杨彩月一曲《黛玉葬花》也唱了大半年了，如果再唱红一个新段子，那她就要独占天津码头了。也罢，捧起一个角儿来，就和保驾一位真龙天子登基做皇帝一样，五先生拿定主意，要把他写的第二个段子《宝玉探晴雯》，无偿地拿给杨彩月。

这就叫"瘾"。坐在台下，听着台上的角儿唱着自己写的段子，这就和听学子们朗读自己的著作一般，也和看着千军万马按照自己的方案冲锋陷阵一样，那个得意劲儿，就别提了。"人生难得几回醉"呀，那时候，人就是醉了，醉得醒不过来了。

今天，五先生高高兴兴地走到了小梨园门外，听着里面也是才开场不久，前边几个新出道的角儿，正在唱帽儿戏，杨彩月还没有登台，来得正是时候。侯天成举步就要往小梨园里面走，不料，小梨园的伙计高有庆一把将侯天成拦在了门外。

"五先生，您老留步。"高有庆极有礼貌地对侯天成说着。

"你有话说？"侯天成向高有庆问着。

高有庆没有直接回答侯天成的问话，他东瞧西望地停了一会儿，这才向五先生说道："高有庆放肆，不过高有庆凭这一大把年纪，若是说几句宽慰人的话，也许不为有罪吧？"

"高有庆，你今天这是怎么了？"侯天成不解地向高有庆问着。

"人生在世，识时务者为俊杰也；能容天下难容之事，才是正果呢。"高有庆绕着脖子地和侯天成说着。

"哎呀，高有庆，你真是和我开玩笑了，你怎么说起这些没有用处的话了呢？"五先生每天到小梨园来，高有庆总是远接高迎地侍候着，这许多年，高有庆和五先生已经和兄弟一般了。平日，高有庆无话不对五先生说，从老板们的人品到听客们的绯闻，高有庆什么事情都要告诉五先生，在高有庆的眼里，五先生和小梨园是一码事儿。可是今天高有庆突然在五先生的面前支支吾吾地说不出话来，五先生犯疑了，这高有庆别是犯病了吧？

"五先生恕罪，高有庆不敢和五先生开玩笑。"高有庆回答着说。

“那你是想和我说什么呢？”五先生还是向高有庆问着。

迟疑了一会儿，高有庆突然下定决心，他一跺脚，对侯天成说道：“今天，我看五先生就不要进园子听玩意儿了。”

“为什么？”五先生向高有庆问着。

突然，高有庆一举手，伸出一根手指，回头又向小梨园里面吐了一口唾沫，当即，他就开口骂道：“她杨彩月忘恩负义！”

3

“嚓嚓嚓”，五先生回到家来，掏出他本来想交给杨彩月的《宝玉探晴雯》，使出全部力气，他把这段大鼓词，撕了个粉粉碎。

“侯天成，你瞎了一双眼！”狠狠地骂着自己，五先生一头倒在床上，天昏地暗，四肢无力，立时他就病倒了。

事情已经再明白不过了。高有庆把侯天成拦在了小梨园的门外，自然是怕侯天成进到小梨园里看见让他经受不住的事。你侯天成算什么呢？一个没落文人罢了。就算是你给杨彩月写了一个段子，可是唱红之后，你就没有一点用处了，杨彩月说过可以养活你一辈子，在杨彩月的眼里，你又是一条吃饭虫了。在侯家大院做吃饭虫理直气壮，可是在杨彩月眼皮子下面做吃饭虫,那份气就不好受了。如今,人家杨彩月找到了真正的靠山,把你侯天成的座位给占了。明白吗?就是小梨园每天给你留的那张桌子,江山易主,人家杨彩月孝敬给别人了。

谁呢?那就更不用问了。高有庆骂过的:"她杨彩月忘恩负义。"这就是说,杨彩月已经把侯天成"甩"了,你侯天成只不过就是会写段子罢了,人家杨彩月除了新段子之外,更需要的还是靠山。谁有资格做杨彩月的靠山呢?当然是三不管里最有势力的袁六爷。袁六爷是什么人物?袁六爷是三不管里的一霸!袁六爷说谁的玩意儿好,谁就能挂头牌;袁六爷说谁的玩意儿不好,这个人若是还敢登台,就有人出来往台上飞茶壶,你说说杨彩月投靠到袁六爷的门下,应该不应该?

早以先杨彩月怎么没有投靠袁六爷呢?没投靠上。袁六爷没把杨彩月当一回事,每个月把份银交到门下,也就是了,袁六爷想捧的人儿多着呢。带着什么进见礼来求见袁六爷的人儿都有,自然也有空着一双手来的,可是到最后人家给袁六爷留下的东西比谁带来的东西都来劲儿，你说袁六爷不捧人家行吗？如今，好不容易杨彩月投靠上袁六爷了，你说说，把袁六爷请到小梨园来，应该请袁六爷坐在哪张桌子上？

所以，高有庆说“五先生，您老留步”。为什么？怕五先生进到小梨园的大门，看见他原来坐的那张桌子上有人早坐下了，杨彩月在台上唱曲，还一个劲儿地向袁六爷暗送秋波，不好受，这口气，侯天成吃不下。人家杨彩月没说不让你进来，只是那张桌子再不是你的了，有人坐下了，有本事你就把那个人踢走。没看见吗？袁六爷坐在位儿上听玩意儿，身后还站着四条壮汉，也不想欺辱人，就是怕有人欺辱袁六爷。

坐到散座里听，不也是一个样吗？你想那滋味好受吗？每天都是自己一张桌子，还摆着茶水，还有四盘干鲜果品，如今坐到后排去了，好歹有点志气，谁也咽不下这口气。五先生二话没说，扭头就回家了，到了家里，一头倒在床上，他就病倒了。

听说南院里的五先生病倒了，我爷爷可着了急。五先生没了父母，只要他住在侯家大院，侯家大院就要对他的健康负责，总不能把他抛在南院里不管。我爷爷是侯家大院里的“头把”,他自然要亲自过来看望五先生了。我爷爷来到南院,侯天成感动得热泪盈眶,他挣扎着坐起身来,委屈了半天,没有说出话来。

我爷爷还同时请来了医生给五先生把脉。医生看了五先生的舌苔,翻过了五先生的眼皮,又把了好半天的脉,最后医生诊断出五先生得了三种病:一是肝脾不和,二是上火下寒,三是阴虚阳盛,据说这三种病都不好医。当即医生就开出了药方,我爷爷也立即派人买药去了。

听说侯天成得了病,他弟弟侯宝成也不知道从哪里钻出来了。他一连多少天没露面,再回到侯家大院来,胖了,也许日子混得不错,口袋里还有几个钱。

侯宝成来到我爷爷的房里,向我爷爷请过安,我爷爷还问过他在外面都做些什么事?侯宝成说反正都是正经事吧,坑蒙拐骗偷、吃喝嫖赌抽的事一概没有,这样我爷爷才放下心来,和他说起了他哥哥的病。

侯宝成对于他哥哥得病感到非常奇怪,他向我爷爷问道:“他怎么会得病呢?”

“这有什么好奇怪的,人生在世谁还能没有个灾儿？”我爷爷对侯宝成说。

“人人都可能得病，我哥哥得不了病。”侯宝成对我爷爷说着，“三伯父，你是不知道，无论他身上多难受，只要是一提听玩意儿，立时，他的精神就来了，就是天上掉炸弹，他也要到小梨园去听玩意儿。去年夏天，那是多热的天呀？他又苦夏，就只喝了一碗绿豆汤，他还上小梨园去了呢。小梨园满园子里就只坐着三个人，连唱曲儿的老板都连连地给这三位爷磕头，请三位爷改日再来吧，今天实在是太热了，带出来等着晚上摊煎饼馃子的鸡蛋，放在窗沿上，都给晒熟了。”

“可是如今他病了。”我爷爷对侯宝成说着。

“那一定是小梨园不让他进了。”侯宝成回答着说。

“他没钱听玩意儿了？”我爷爷关切地问。

“不能够，他能没钱吃饭，不能没钱听玩意儿。再说，他卖文章不少挣钱。三伯父，你不知道这里面的事儿，卖文为生，可是不少挣钱的呢。人家一天卖出一篇就能养活一家人，我哥哥文笔又好，有时候一天能卖出去三四篇，您说他能缺钱花吗？”

“既然他有钱去听玩意儿，小梨园又每天都有演出，他为什么不出去听曲儿去呢？”我爷爷还是不解地向侯宝成问着。

“三伯父，这里面有事。我给您调查调查去。”说着，侯宝成就到小梨园去了。

没半天时间，侯宝成跑回家来，径直就来到我爷爷的房里，把杨彩月甩他哥哥的事如实地向我爷爷做了禀报。我爷爷听了之后，当即没有表示，一直到侯天成的病情好转之后，我爷爷才把侯天成叫到自己房里来，语重心长地对他说起了话来。

“天成呀，我早就说过，你卖文为生虽然无可非议，可是一定要谨于言、慎于行，万万不要给自己和家里惹出麻烦来。”

“我没有触及时局呀。”侯天成为自己辩解地说着。

“不触及时局未必就不会惹祸。太平文章你尽可以写，可是你怎么就想起要写什么大鼓词来了呢？”我爷爷向侯天成问着。

“那只是我的一点癖好罢了。”侯天成低着头回答说。

“世人有雅好琴棋书画、花鸟虫鱼者，谁见过有雅好大鼓词的呢？卖艺之人，全都是江湖中人，他们和我们不一样，我们知君君臣臣父父子子，他们知既在江湖中，全是苦命人。他们要的是名利，我们要的是风骨。为名为利他们必须要有靠山，我们则要富贵不能淫，威武不能屈，这二者是水火不相容的。况且，那袁六爷是一个无赖，如今他包下了杨彩月，你万一把他惹怒了，岂不就要大祸临头了吗？上不要惹皇帝，下不要惹地痞，难道这么点道理你都不懂吗？以后，万万不要再和他们往来了，那大鼓词，你也再不可写了，好好的一肚子学问，怎么就糟蹋在这上面了呢？”

听着我爷爷的教训，侯天成一声不吭，其实他自己也是下过决心再不写大鼓词了，不如此，他何以把那篇他的得意之作《宝玉探晴雯》撕碎了呢？摇了摇头，侯天成似是自言自语地对我爷爷说道："我也真是太呆了，怎么就相信世上有情义二字了呢？我并不想要什么回报，我只是希望世上能有人唱出好曲，可是我万万没有想到，世上想唱好曲的人并不多，人们唱好曲，目的还是要得名得利。什么曲呀、艺呀，都不过是敲门砖、登堂术罢了。古人似汤显祖、洪升那样，今人如我者，也是不可多得的人了。”感叹着，侯天成的眼窝里涌出了眼泪儿。

“天成呀天成，你好糊涂呀。”听着侯天成的感叹，我爷爷又对他说着，“世上人为什么要唱曲？还不就是为了糊口谋生吗？但凡有一口饭吃，谁肯把孩子卖给人家出去做艺？唱出了名声，人们想的又是什么？难道就是为了要觅一个知音吗？知音人并不重要，靠山才最重要，你看，这杨彩月还了得，一连多少天，大报、小报全都是杨彩月的消息，怎么大家就这样要看杨彩月的消息呢？有人出钱，有人拿势力压报界，这样，杨彩月就成了新闻人物了，天津卫有不知道大总统为何人者，但没有不知道杨彩月是何人的。这种人，我们万万不可和他们有一星儿来往的，你费时一年半年写出来的大鼓词，拿出去给了他们，结果呢？结果他们唱红了之后，就把你抛掉了，你再去找他们，他们就不认识你了。也好，吃一堑，长一智，这次就算是你见识世界吧。以后谁再请你写大鼓词，你也是再不要给他写的了。”我爷爷说着，还自信地挥了一下手。

“我再不写大鼓词了。”五先生气馁地答应着。

“这就对了么。”当即，我爷爷就夸奖着五先生说，“好好的一肚子学问，做什么不好，何以就糟蹋着写大鼓词呢？写大鼓词，压根儿就用不着学问，什么这一日，有一个，说的全都是陈词滥调。他们唱大鼓的，几时想换新词儿，随便找个人都能给他们写，不就是一个瞎编吗？唱起来顺口就是了嘛，和乞丐唱的数来宝一样。”

“不一样。”五先生打断我爷爷的话说。

“怎么不一样？”我爷爷不高兴地向侯天成问着，“我看就是一样，大鼓词就是瞎胡闹。有学问的人写大鼓词，是丢人的事，那全都是没饭吃、又没本事的人才干的勾当，你听说哪个有学问的人写过大鼓词？”

“有的。”五先生回答着说，“清末时有一个文人叫韩小窗，学富五车，他就写大鼓词。”

“我怎么不知道有个韩小窗？”我爷爷恶凶凶地向侯天成问着，“我就是知道有个纪晓岚，人家写过《四库提要》。”

“韩小窗的学问不比纪晓岚差。”侯天成为他心目中的才子申辩。

“既然那个什么小窗有这么大的学问，他为什么不写圣贤文章？他一定是一个没落文人，没有出息。”我爷爷已经是很不高兴了，他强捺着心中的怒火和侯天成说着话。

停了一会儿，为了辩明写大鼓词不是文章正道，我爷爷又向侯天成问道：“我来问你，自古以来，为什么总是做大学问的人流芳千古？”

“可是，三伯父也无妨想一想，既然有那么多的人流芳千古，可见这写圣贤文章并不是什么凡人做不到的事，可是，自古以来能于写大鼓词上留下名声的人，却实在是难能可贵了。”

“呸！混账。”我爷爷忍无可忍，冲着侯天成就骂了一句。我爷爷把写大鼓词说得一文不值，侯天成也不是故意和我爷爷做对，他就是认为写大鼓词不是人人都能做得来的事，所以，他就和我爷爷顶嘴，把我爷爷说得理屈词穷。而我爷爷还有一个毛病，他和所有有权有势的人一样，把一切将自己问得哑口无言的人，全说成是“混账”。我爷爷到底手里没有实权，最多他也就是骂一声“混账”罢了。遇到有权有势的人，他们就把凡是把自己驳得体无完肤的人,一股脑儿全处置掉了,他才正确了。

侯天成没想到我爷爷会发火,他没有意识到自己在和我爷爷顶嘴,看见我爷爷真的动了肝火,侯天成也就蔫了。他立时做出一副认错的样子,忙着对我爷爷说道:"三伯父说的道理极是,大鼓词算不得是什么文章,有学问的人是不能写,也是写不来的。"

"这就对了嘛。"也没听出来侯天成的话还是有弦外之音,我爷爷看见侯天成服了"软"儿,也就罢休了,不像有的人那样,逮着"理"不让人,非得把人家孩子整治成孙子不成。

随之,侯天成又说了我爷爷一车的好话,这才把我爷爷哄好。哄好之后,我爷爷也就不和侯天成计较了,他还问了侯天成近来都写了什么小文章、卖出去了几篇。最后,我爷爷还对侯天成说:"你也不必太累,用钱花,就向你三伯母要好了。还要保养好身体。"

"谢谢三伯父疼爱,天成一个人不成器,就已经对不起侯姓人家了。"说着,侯天成的眼圈儿还真的红了,天知道他是为谁落眼泪儿?

侯天成就像戒烟瘾一样地再也不听梅花调了,从此一心只走卖文为生的道路,没多少时间,他还就成了气候了。

前面已经说过,每天早晨不等天亮就到天津海河西河沿卖文章来的文人,全都是一些没落文人,他们中虽然也有些人有点小学问,但到底全都是半瓶子醋,没有什么功底;侯天成自幼在侯家大院和兄弟们一起读书,虽然不见有什么长进吧,可是到底他是书香门第出身,和那些半吊子们不一样,他随便写点儿什么,行家一看,就说是出手不凡。

就这样,侯天成在海河西河沿渐渐地有了一点儿小名气。每天早晨,侯天成只要一出现在西河沿,立即小报的编辑们就围了过来:“今天带嘛来了?一元钱一篇卖不卖?”不问内容,不看文笔,就冲着是侯天成的手笔,一篇文章就能卖一元钱,混得不错,就和我今天一样,一个电话打过来:“有新作品没有?”说是“有”,立即就定下版面来了,稿子一到立即发排,而且保证稿费比年轻作者的稿费高。怎么就这样“牛”?也是脑袋瓜子别裤腰上杀出来的天下，靠的是一身硬功夫。

侯天成也不是每天都要到西河沿去卖文，他每个星期去一趟，卖出个三五篇文章，这一个星期的饭钱就有了，连听玩意儿的钱都有了。自然，如今侯天成是再也不听梅花大鼓了，他有志气，再不想那段伤心事了。一听梅花大鼓，就想写大鼓词，这就和犯烟毒、抽大烟一样，有瘾，莫说是嗅到大烟的味儿，就是一说起“大烟”二字，立即就犯瘾。老汉我见过一个酒鬼，“文革”时和我关在一个牛棚里，牛棚里自然没有酒喝，而且每天晚上还要读报，那时候西哈努克亲王总要到各地去访问，报上总登着祝酒词，每次我在牛棚里读祝酒词的时候，一读到“干杯”二字的时候，我就听见这位老兄在吮舌头，那滋味，就和他自己也跟着一起干杯一样，美极了。

侯天成为了强迫自己不写大鼓词，他就必须不听梅花大鼓；为了不听梅花大鼓，他就再也不进小梨园；为了不进小梨园，他就必须忘掉那个杨彩月；为了忘掉杨彩月，他就再也不看报。

不看报也不行，在天津卫无论你走到哪里，杨彩月的大名都会出现在你的眼前,大明星了么,就是无处不在,无时不在,无论你走到哪里,不仅杨彩月的大名要出现在你的眼前,还有杨彩月的照片满马路挂着。走在马路上,商号门口的无线电,也在播放杨彩月唱的《黛玉葬花》,一字字,一腔腔,都似扎在侯天成心上的一把钢刀,侯天成整天整日不得安宁,他真想离开天津卫,找一个听不见梅花大鼓的地方躲避些日子去。

只是侯天成实在也是离不开梅花大鼓了,虽然心里听着不安宁,可是一听见梅花大鼓,侯天成还是忍不住地要停下脚步。明明早就听出来这是杨彩月在唱,更熟悉自己写的那段《黛玉葬花》,可是听着也还是舒服。唉,这真是爱也是梅花调、恨也是梅花调,这世上怎么就有了梅花调了呢!

不进小梨园,就站在商店门外听,听人家无线电放出来的梅花调,一听就是大半天,商店里的伙计看着都起疑:"这位爷别是憋着咱们老掌柜了吧?"伙计把侯天成当作绑票的土匪了。出来好几次,问他为什么老在这里站着,他也不说话。有个伙计心眼灵,把无线电关掉了,二话没说,侯天成立即就走开了。

直到最后, 侯天成也觉着自己的病是太重了,再这样下去,真就成了神经病了。自己上无父母,下没有成家,真有了三长两短,岂不是给侯家大院找麻烦吗?想到这里,侯天成下定决心,急匆匆跑回家来,操起一把切菜刀,就把自己的一根手指放在了菜板上,钢刀没有落下,侯天成把手指缩了回来,他自言自语:“下次我若是再听梅花大鼓,就把这节手指剁下来。”

4

好一条刚烈的好汉——侯天成，为了不听梅花大鼓，每天从西河沿回家，他宁肯绕北河多走几里路，也不肯从小梨园门外经过，免得触景生情，又让他想起梅花调。为了不听杨彩月唱的《黛玉葬花》，他从商家门外走过，一听见无线电要放杨彩月的梅花大鼓，他就放开脚步快跑，从西马路跑到东马路；东马路的商号也在播放杨彩月的《黛玉葬花》，他就再往前跑，跑到南马路；南马路的商号也在播放杨彩月的《黛玉葬花》，他又往租界地跑，跑到法租界；法租界里的商号放时代曲：《这美丽的香格里拉》，他站住了，气喘吁吁地喘大气，商号里的伙计直往外看，以为他是刚从“里边”跑出来的逃犯。

总这样躲着梅花调也不是事儿，侯天成给自己找了一个不唱梅花大鼓的地方去闲坐——中华茶社。

中华茶社，坐落在南市三不管的东口，顾名思义，只是一个喝茶的地方，算不得是演出场所。但是光喝茶没有意思，茶社就也准备了一些演唱，侍候着各位茶客。不卖票，只收茶钱。一段曲儿唱完，架弦的下来收钱，也就是把一顶帽子反过来，一位一位地走到茶客的面前，先向茶客鞠一个躬，不能说是收钱，由人家赏，高兴了，往帽子里放上二分钱，还得好好地谢过；不高兴，下巴一歪，不给钱，你还得向茶客鞠一个躬，谢谢爷给个面子，没往外轰他，总算让他唱完了。

来中华茶社唱玩意儿的有两种人：第一种人，人老珠黄，早以先唱红过，也许还红得发紫，如今老了，力气没有了，姿色也不行了，嗓子也倒“仓”了，又没有饭吃，出来唱一天，挣上个三角五角钱，这一天，就不至于扛刀；第二种人，是刚出道儿，还没有唱出名声来，有的才从外地流落到了天津卫，一时没拜上门子，想先在茶社给老闲人们唱些日子，老闲人中免不了哪位爷有面子，一句话，就举荐到园子里去了，挂上牌，就是老板；还有的原来就是卖唱的，天津卫说是“撂地”，就是只在三不管里唱,也没有一个固定的场子,一群人围起来,就立在人圈里唱,唱一段收一次钱。有的人就是不讲理,你唱的时候,他立在人圈里听,你才唱完,应该收钱了,他一转身,走了,你连句闲话也不敢说。所以,梨园行里最看不起“撂地”的行当,但凡有一线之路,谁也不愿意去“撂地”。两个人见面,一个问:“怎么样?”另一个回答说:“不行,撂地了。”这就是说,这位爷的玩意儿过时了,没人听了。

中华茶社给昔日的古董和未来的明星们搭了一道桥梁,更是天津卫有闲有钱的爷们儿消闲的好去处。如今侯天成正值心灰意冷之时,没有别的地方好去,他自然就常常要到中华茶社来坐一坐了。

人坐在茶社里,心早飞到了大千世界,心里乱糟糟,想着自己的家世,想着自己的境遇,想着人间冷暖,五先生常常就自己叹息一声。好在坐茶社的人,大多都不得意,一人一肚子心事,全都是心不在焉的样子,有一个人叹息一声,随之就会有好几个人叹息,尽管人们的心事不同,但是人们的表达方式是一样的。

摇摇头,五先生又想起了那个杨彩月。五先生过去也听人说过，世上有过河拆桥之举，可是五先生万万没有想到这过河拆桥的事，竟然拆到了自己的头上。杨彩月本来是一个走投无路的人了，再这样唱下去，人老珠黄，她也就“窝”死在小梨园里了，是侯天成一段《黛玉葬花》，使一个唱了多年没唱出名声来的杨彩月成了天津卫的大明星。可是杨彩月成名之后，第一件事，就是甩侯天成，她顺势又找到袁六爷做靠山，如今她已经是天津卫的头牌名角儿了，报上每天都有杨彩月的消息，每天都有人写文章吹捧杨彩月，把杨彩月捧得上了天，而且最最让侯天成生气的是前几天报上的一篇文章说，杨彩月不光是唱得好，她还会自己写段子，那段让她一夜之间成名的《黛玉葬花》，就是出于她杨彩月的手。

五先生当然不服，他写了好几篇文章，向世人揭露那段脍炙人口的《黛玉葬花》是他侯天成写的，可是文章在口袋里都快烂掉了，还是没有卖出去。在西河沿不少的小报编辑看过这篇文章，大家说：“你也是脸皮太厚了，你怎么配给人家杨彩月写段子呢？”

心里胡思乱想，五先生坐在茶社里，品不出茶叶的味道,也听不见台上的人在唱些什么。有时候五先生一直坐到茶社都没有一个人了,伙计过来对五先生说,角儿们都侍候过了,五先生这才抬起屁股想起已经到了应该回家的时候了。飘飘摇摇地走在路上,五先生还是胡思乱想,突然一声:"你找死呀!"五先生才看见一辆汽车停在了自己的面前。

这一天下午,五先生又在茶社里不知道坐了多少时间,就觉得似是有人唱了一段《霸王别姬》,还上来两个人说了一段相声,也没把人逗乐,怪没趣地两个人就下去了,听得茶社里的老清客们一个个直伸懒腰。

五先生似是又叹息了一声,又有几个人也随着叹息了一声,这时候就看见一个姑娘领着一个瞎子走上了台。看这姑娘的容貌,也算得一个上等人了,可是没有精气神,带着不走运的样子,走路时低着头,身段也扭不起来。

走上台来之后,那个姑娘就站到一旁去了,这时那个瞎子就向前走了一步,向着台下施了一个大礼,也没有人问这个瞎子是要向人们乞讨,还是要登台献艺，大家就还是各人喝着各人茶，还有几位老清客把桌子凑到一起下棋。

“在下瞎老万给各位爷们儿鞠躬了。”台上的瞎子向众人鞠过躬后，大声地说着。似是也没有人听清他说了一些什么，倒是侯天成此时正闭目养神，才听清了瞎子说的话。“瞎老万自幼失明，没看见过天上的白云，没看见过地上的鲜花，再加上生来命穷，大半生就是走江湖给角儿们架弦卖艺。也是天老爷可怜瞎老万，就让我女人生下了一个如花似玉的女儿，起个名字叫万芸儿。芸儿过来，还不快给各位爷们儿磕头。”

瞎老万那里话音才落，万芸儿立时就走到了台前，向着台下的爷们儿就施了一个大礼。这一下，满中华茶社安静下来了，借着茶社不算明亮的灯光，人们果然看见站在台上的这位姑娘相貌不凡，长长的脸儿，亮亮的一双眼睛，削肩膀，中等身材，看着就讨人喜爱。

“瞎老万，你上辈子一准儿是做下好事了，怎么你就有一个这样俊的闺女呢？”中华茶社和小梨园不一样，在小梨园，人们只许听，不许和台上的角儿对话，中华茶社不是一个正式的演出场所，喝茶的清客，可以和角儿随便说话。有时候，一个角儿唱完了，下一个角儿还没到，茶客们就和角儿一起说家常，问东问西；还有的时候老清客们嫌角儿唱得不好，大家一起哄，就把角儿轰下来，轰下来也不难为他，也给份儿钱；知道这个角儿棋下得好，大家就和他摆上一盘棋，而且说好，下胜了，按一个段子给钱。

这就叫茶社，没规矩。

"瞎老万前世里若是做下了善事，还会瞎了一双眼睛吗？"台上的瞎老万忙对台下的人们说着，"倒是在座的爷们儿行下了善举，这才让瞎老万有了这样一个女儿侍候着各位爷们儿喝茶。只是瞎老万没有出息，没有本事，白糟蹋了女儿的好嗓音、好做派，还有这一副好容貌，这一连几年就是只能在三不管'撂地'，眼看着孩子已经十八九了，再这样下去，瞎老万就对不起孩子了。"

瞎老万说着，那一双瞎眼睛竟涌出了两行眼泪。在座的各位爷自然明白瞎老万为什么如此伤心——三不管不是好地方，一个如此如花似玉的女儿在三不管“撂地”,说不定遇见一位什么不讲理的爷,就糟践在他的手里了,那时候你想逃都逃不出他的虎口,早早地出来想个办法,总不能总让孩子在老虎嘴边上讨这碗饭吃。

说过一番话之后,瞎老万退后一步坐在了一张小板凳儿上,架起三弦,他弹起了一个过门儿,侯天成本来看着这一对父女可怜,也想听听这个万芸儿到底有几分的成色,可是才一听过门儿——梅花调,侯天成就像是被蝎子蜇了一般,站起身来就往外面跑。

侯天成已经跑到了中华茶社的大门口,后面万芸儿已经唱起来了。“嘿呀说是那一位”,好清亮的声音,一下子就把侯天成拦住了,他不由自主地停下脚步,就立在中华茶社的大门口听着。瞎老万又拉了一阵过门儿,万芸儿又唱了起来,这时才唱到了正题,万芸儿今天唱的是《伯牙摔琴》。

“俞伯牙抚瑶琴,热泪沾襟,尊一声贤弟,你为何撇下兄一人?”

万芸儿不紧不慢,一字字出于肺腑,感人处,声泪俱下,果然堪称是以情动人。侯天成没有转身,只还是立在门口处听着,此时他已经听出这个万芸儿嗓音甜美,吐字清晰,而且高音圆亮,低音厚重,一腔一韵唱得极有讲究。知音难觅,侯天成听着,不觉已经是泪流满面了。

是走是听?侯天成站在中华茶社的大门口,拿不定主意了。走吧,如此千载难逢的演唱,只怕踏破铁鞋无觅处了;听吧,自己早下了决心,再不听梅花调了,一个人怎么就如此没志气呢?走!侯天成一咬牙,他直奔门外去了。

走出门外来,背后又传来了万芸儿的"白口"——《伯牙摔琴》是极难唱的一个段子,全曲一百多句,竟有五十多句的"白口",也就是没有伴奏的说白。中华茶社这么大的一个园子,万芸儿立在台上,声音贯满茶社,还飘飞到茶社门外,不是用力嘶喊,就和说家常话一样,一字字清清楚楚,难得!侯天成已经被万芸儿的演唱迷住了。

"走!"侯天成是个何等刚烈的好汉,他既然已经立下誓言再不听梅花调,如今你就是再难得的角儿,那也是休想让侯天成破了自己立下的誓言了。咬紧牙关，侯天成举步就走，但是直到停下脚步，他才发现自己走错了方向，他又走回到中华茶社里面来了。

拉倒吧，一不做，二不休，侯天成一屁股又坐了下来，他又听起梅花调来了。

这时，满茶社里已经是一片赞叹之声了。有人问瞎老万，你闺女唱得这样好，为什么不到园子里唱去呢？瞎老万说："爷，夜里睡觉都梦见在园子里唱呢。咱不是没人捧吗！"大伙说："瞎老万，你就带着闺女进园子里唱去吧，你在哪家园子唱，我们爷几个就一起到那家园子去听。"瞎老万又说："不行呀，爷。园子里唱一段一收钱，咱唱的时候有人听，一到收钱的时候，人就走了，收上来的钱，还不够交园子的底银，那不是咱去的地方。"有人说："你不兴上小梨园唱去吗？那地方园子给你份儿钱，你只管唱你的玩意儿就是了。"不用瞎老万说话，连侯天成都听出这个人是说外行话了。

"小梨园是杨彩月的天下，她怎么挤得进去呢？"坐在一旁的侯天成说话了。

"这话，瞎老万可是不敢说。"瞎老万急忙向台下的爷们儿说着。

“唉！”众人一起叹息着，一点儿办法也想不出来了。

回到家来，侯天成一夜没睡着，坐在桌子前，文章也没写出来，他一脑袋瓜子只有万芸儿，他可不是那种轻浮之人心里想的是人家闺女的容貌，侯天成是一个君子，他心里想的只是万芸儿的好嗓子、好唱腔、好功夫。

“叮叮叮……”桌子上的自鸣钟打了两下，已经是后半夜两点了，侯天成披衣走到窗前，顺手推开窗子，正好有一颗星星在他的头顶上闪闪发光，也不知道侯天成是怎么想的，他就是觉得这颗闪闪发光的星星，是万芸儿。

万芸儿是一块好玉，只要稍加雕琢，就能成为一件好玉器，无论是嗓音，是唱腔，杨彩月都没有办法和万芸儿比；万芸儿天生是唱梅花大鼓的材料，眼看着这样的一块美玉就“窝”在中华茶社，侯天成觉得这是自己的罪过。

强迫着自己睡下了，可是一闭上眼睛，万芸儿的容貌、声音就浮现在自己的面前，想忘掉，可是万芸儿就像是长在侯天成的心里一样，再也没有办法抹掉了。

第二天一早，侯天成没有去西河沿卖文章，好不容易估摸着中华茶社该开门了，侯天成匆匆地就赶到了茶社，此时，茶社里连伙计带茶客，一共才只有两个人。

听明白了吗？侯天成是头一个到茶社的，伙计说水还没有煮开，要等一会儿才能泡茶，侯天成说他不等着喝茶，今天早晨他起“冒”了，走到马路上，才发现天还没有亮，在河沿上遛了一通早，这才到茶社来，有茶没茶的没关系，坐一会儿。

“这位是侯府里的五先生吧。”侯天成一个人正坐在茶社里发呆，忽然听见身边有人对自己说话，回过头来一看，是瞎老万，他也早早地就到茶社来了。

“直呼我五先生就是了，别提侯府不侯府的。”侯天成对瞎老万说着。

“芸儿，过来给五先生请安。”说着，瞎老万把女儿唤了过来，向五先生施了一个大礼。

“不敢，不敢。”五先生挥手拦住万芸儿，又对瞎老万说着,“我就是一个茶客, 你们唱你们的玩意儿,我喝我的茶,咱们是两不相干。”

“早就听说五先生是天津卫梨园行的老宿儒,也总是没有缘分, 昨天听闺女说五先生就坐在茶社里,回到家里我就把她一顿好骂,我问她,你怎么不过去给五先生请安?”

“你别跟我套近乎。”侯天成一挥手,对瞎老万说,“我早就立下誓言,再不掺乎梨园行里的事了,若不是万芸儿的好嗓音,昨天我就走了。”

“学徒就是看见五先生站起身来往外走, 才故意唱几句‘白口’把五先生留下的。”天津卫,艺人在听众的面前自称是“学徒”,以表示自己的低人一等。

“你的功夫不错,梅花调,唱容易,念白口难,这样乱糟糟的茶社,你几句白口贯到茶社门外,还不显着用力气,有前程。”侯天成夸奖着说。

“五先生指教。”万芸儿又向侯天成施了一个大礼说着。

“我不管,我早起过誓,再听梅花调就不是人。”五先生对万芸儿说着。

“五先生怎么就和梅花调这么深的仇恨？”万芸儿还是向侯天成问着。

“不干你的事。”五先生对万芸儿说着。

“五先生看在学徒一片真心的面上，给学徒引引路。”万芸儿还是对五先生说着。

“跟你说过了，我不管，你若是缠着我，我现在就走，我不是没有地方好去。你若是不理我，也许我还想多听你唱几段，我不是那种不给钱的恶霸。”侯天成已经有些烦了，他真的就要站起身来走开了。

“五先生别和一个孩子生气，我们这就走。”倒是瞎老万觉得事情有点不好办了，这才领着万芸儿向台上走去。

这一连十来天，万芸儿在中华茶社就算是唱出点儿名声来了，中华茶社虽然比不得园子，可是到底也不至于再“撂地”了，有了准地方，有了听众，到底也比站在人圈儿当中唱好，这里好歹没有无赖捣乱。

也是中华茶社的爷们儿捧万芸儿，这几天，别的玩意儿早就没人唱了，什么西河大鼓、单弦、河南坠子、山东快书人们都不听了，中华茶社里的爷们儿就是要听万芸儿唱梅花调。

果然中华茶社里的爷们儿成全人，这一连多少日子，不光是中华茶社的生意好，连万芸儿都已经唱出点小名声来了。几位老清客们搭桥，南门外的上权仙、鸟市儿的庆芳园已经说好下个月请万芸儿到他们那里登台做艺，虽然说离着走红还差着很远，但至少也是找到饭辙了。

这一天，已经是到了下午时分了，外面下着细雨，中华茶社里的清客们就坐在园子里过阴天。老茶客们走不了了，新茶客们也不会再来了。大家就一起随随便便地坐着、说着话。这时候，也不知是哪位爷忽发奇想，他向着台上的万芸儿就说起了话来。

“芸儿，天津卫当今最走红的角儿是杨彩月，她唱的《黛玉葬花》人家说是天下一绝，你老爹既然夸口说你是怀才不遇，那你也唱唱《黛玉葬花》给咱们听听，让咱们也比比到底是你唱得好，还是人家杨彩月唱得好。”

“万芸儿给这位爷鞠躬了。”说着，台上的万芸儿就向着台下的这位爷施了一个礼，随后，万芸儿对这位爷说着,“不是万芸儿不敢唱《黛玉葬花》,只是这《黛玉葬花》是人家杨彩月的段子,咱唱人家的段子,明明是抢人家的饭碗。人家知道了,不会轻饶咱的。”万芸儿当然知道梨园行的规矩,她是不敢轻易唱人家的段子的。

“没事儿,外面下着雨,茶社里又都是老熟人,你无论怎么唱,也传不出去。”这位老茶客一定要听听万芸儿唱《黛玉葬花》,而且他还掏出了一元钱,说是唱完了重赏。

“谢谢老前辈的抬爱,莫说是外面下着雨,就是外面过兵马,这《黛玉葬花》不是我的段子,我也不能唱。”万芸儿知道保护知识产权,她不敢轻易地唱别人的段子。

“什么你的段子,我的段子,唱玩意儿,还不全都是学着人家的段子唱吗?”台下的老清客撺掇着万芸儿说。

“芸儿, 既然几位爷保着你, 这里又全都是老熟人,你就学着唱吧。”瞎老万禁不住人们的撺掇,不等他女儿点头,他就把过门拉出来了。

侯天成坐在台下，心里扑通扑通地跳着，他真想听听万芸儿如何唱他的《黛玉葬花》，以万芸儿的嗓音，以万芸儿的唱腔，侯天成相信万芸儿一定比杨彩月唱得好。

“也罢。”万芸儿看看茶社里全都是老清客，她回头向她的老爹示意，拉起了过门，拾起小茶壶，她抿了一小口茶，打起精神，她要侍候各位爷一曲《黛玉葬花》。

5

“嗵嗵嗵”,击过了三遍鼓,把鼓槌放在鼓架上,向前迈一步,面对着中华茶社里满堂的老清客,万芸儿将双手合在一起放在胸前,眼睛向台下扫了一圈,随之,瞎老万的过门也拉过了,放开嗓音,她就唱了起来:“唉嘿呀唉唉唉呀——”

梅花调开篇不唱正词,要的是先来一个一唱三叹,让唱曲的老板把自己的声音先亮出来,这一声吟唱,几十板,抑扬顿挫,直听得人们心神激荡;到此时,再拉一段过门,这才开始唱正词。

中华茶社里鸦雀无声,万芸儿似唱似述:“潇湘馆一夜风声紧”,只头一句,就让人们听得入了神。侯天成此时微合双目,把左手放在腿上,一板一眼地击着节拍,听一句摇一下头,听一板按一下手指,摇摇晃晃，他已经听得如醉如痴了。

中华茶社从开张的那一天算起，就是一个人声鼎沸的地方，常常是台下说话的声音比台上唱曲儿的声音还要大，而能够把人们的说话声压下去的，就是茶社伙计走来走去送茶水的吆喝声："少回身啦！"是提醒茶客们当心，伙计们提着大水壶过来了，不小心沸水烫着不得了，所以伙计们的嗓门最高。

但是今天，中华茶社安静下来了，老清客们不说话了，连气儿都不敢喘了，伙计们更是不敢走动，也没有人要续水了。满中华茶社里只有万芸儿一个人唱曲儿的声音，她在唱，她在向人们述说，述说着一个叫黛玉的姑娘满怀的愁情。

侯天成听着，不知不觉地泪珠儿就涌出了他的眼窝，他顾不得拭眼角，只任由泪珠儿涌着，还是摇着头，击着板，万芸儿一字一句都似雨露一样，落在侯天成的心上。

只有万芸儿才配唱《黛玉葬花》，那个杨彩月活活把这篇千古绝唱糟蹋了。想当时听杨彩月唱，总是觉得花哨有余而悲凉不足，只有万芸儿才唱出了一个无依无靠女孩儿的满怀凄情。万芸儿不显山不露水,不紧不慌,就只是如歌如述地安安静静地唱着,侯天成忘记了自己是坐在什么地方,也忘记了他为了这一段《黛玉葬花》所经受过的屈辱。

"嗵嗵嗵",直到又听见万芸儿的击鼓声,人们才发现一曲《黛玉葬花》已经唱完了。中华茶社和小梨园不同,小梨园有人捧角儿,鼓声才落,立即喊好的声音就沸腾了起来;中华茶社没有人捧角儿,人们只是听曲儿,万芸儿唱完之后,好长时间,茶社里还是没有一点声音。

"嗤",不知是哪位老清客抽了一下鼻子,这才把人们从沉迷中唤醒过来。"好!"有人带头喊了一声"好",随之,满茶社里的人全都一起喊起好来了。

"此曲只应天上有,人间能有几回闻呀。"一位老清客感叹地说着,大家又是一番赞扬。万芸儿此时也退回一步,站回到台后;瞎老万站起身来,向着众人施了一个大礼。此时,一片喊好的声音才沸腾起来,满中华茶社欢跃得热火朝天了。

"嗖!"就是在人们刚刚从万芸儿的唱腔中苏醒过

来的时候，就听见一声风嘶，只觉得似有一只黑乌鸦从人们的头顶上飞过，还没容人们看清是发生了什么事，突然一声“哗”的巨响，随之，一把茶壶落在了万芸儿的脚下。

“啊！”满中华茶社一片惊慌的喊叫，人们被这突发的事件吓呆了。

闹事！飞茶壶了！

飞茶壶，在天津卫算不得是什么新鲜事，只是中华茶社里还从来没有发生过飞茶壶的事件——中华茶社是一个不惹人注目的地方，来这里喝茶、唱曲儿的全都是没辙的人，也没有人找到这里来和这些与世无争的人闹事；闹，也确实闹不出什么名堂来。

呼啦啦，人们全都站起来了。就看见一个恶汉站在了茶社的门口，一只胳膊还没有放下，刚才那把茶壶，分明就是他“飞”上去的。

“瞎老万没长眼，哪位爷？多有得罪。”到底是瞎老万经过世面，他觉出是有人出来闹事了，立即，他跪在了地上，向着茶壶飞过来的方向，就磕了一个头。

“瞎老万，真是瞎了你的一双狗眼！”站在门口的恶汉向着台上就喊了起来。

“是是是，爷骂得对，我这一双狗眼从生下来就是瞎的。”瞎老万还是跪在地上向恶汉求饶。

“爷们儿在中华茶社门外蹲了你不是一天半日了，早觉出你要‘奓翅儿’，果然你忍不住了。知道你犯在谁的门下了吗？”恶汉一阵吼叫，早吓得老清客们跑掉了。中华茶社里的老清客就是这份能耐，只要有一点动静，立即就呼啦啦一起跑掉；如今出来一个恶汉飞茶壶，人们就更害怕了，一阵混乱，立时茶社里的人就跑光了。

台上只有瞎老万和万芸儿，台下只还坐着一个侯天成——倒不是他有多大的胆子，也不知道是怎么一回事，他就是没有站起身来，还是在他的座位上坐着。

“噔噔噔”，台下恶汉一步一步地向台上走了过去。瞎老万听着那沉重的脚步声，身子在微微地打战，他自然知道这将会招惹来怎样的灾祸，而且听着那恶汉的口气，今天他是一定要给瞎老万父女一点颜色看看的。

侯天成一动不动地等着看事态的结局，他就是坐在他的座位上，没有愤怒，也没有仇恨，像一块木头一样，他僵坐在座儿上了。

“瞎老万，你听清楚了，知道爷是谁的人吗？”恶汉走到台口，冲着跪在台口上的瞎老万问着。

“无论爷是谁的人，我瞎老万都敬重着。”瞎老万驯良地回答着。

“明人不做暗事，和你明说了吧，爷是袁六爷的人，今天找你来给我们杨老板振振威风。你在中华茶社里卖唱，我们杨老板不能砸你的饭碗儿，你居然敢唱我们杨老板的段子，你可就是不知天高地厚了。《黛玉葬花》是我们杨老板看家的段子，你一不是我们杨老板收认的私淑弟子，二不是我们杨老板膝下的亲生儿女，你怎么就敢唱我们杨老板的段子？”

“瞎老万该死。”瞎老万狠狠地骂着自己，还一面狠狠地抽打着自己的嘴巴。他自然知道，既然这个人出来闹事，不让他占了上风，他是绝不会善罢甘休的。

“少和爷们儿玩这套，既然你惹在了我们杨老板的头上，我就得给你立点儿规矩。”恶汉说着，伸出手来，一把将瞎老万从台上拉了下来，瞎老万没有防备，冷不防从台上跌下来,立即就摔得头上流出了鲜血。

“爹!”万芸儿喊着,一下就扑了过来。她本来想把她爹救出来,没想到,那恶汉一挥手,又把万芸儿推了一个大跟斗,万芸儿没有站稳,一连向后退了好几步,最后还是跌坐在了地上。

“你们两个听明白了,今天不给你们上厉害的,只是转告我们杨老板的话,从今之后,再不许你们进茶社的大门,回你的三不管撂地去吧。”说罢,那恶汉转过身来,就扬长而去了。

“我们走,我们走。”瞎老万从地上爬起来,四下里摸着自己的女儿,又拾起那把破三弦,一步一步地他就拉着万芸儿从中华茶社走出去了。

侯天成坐在他的位子上,没有过来扶瞎老万一把,没有对万芸儿说一句话,他就是眼巴巴地看着瞎老万和万芸儿从他的面前走出中华茶社去了。

终于,中华茶社又安静下来了,茶社里没了一个人影儿,连送茶的伙计都躲到墙角儿里不敢出来了,只有侯天成还在他的位儿上坐着,似是一块木头疙瘩,更似是一个死人。

……

“岂有此理！”侯天成大喊一声，还险些把桌子拍裂了。当然他不是在茶社，而是在侯家大院南院他自己的房子里。

侯天成不知道他是怎样走回家来的，他也不知道他想做什么，他就是拍了一下桌子，还大喊了一声，如此，他才算出了这口气。

欺辱人，不能这样恶毒，杀人不过头点地，人家瞎老万已经给你下跪了，你怎么还把人家从台上拉下来，还把万芸儿推了一个大跟头呢？当侯天成坐在他的位儿上，看着万芸儿倒在地上的时候，他心里真是一阵怒火燃烧了起来，他真想扑上去，一把将那个恶汉抓住，活剥了他的人皮。但他没有站起身来，他就是坐在他的座位上，一点儿表情也没有地看着瞎老万被人从台上拉下来，又看着万芸儿被人推了一个大跟头。

世上真是没有讲理的地方了，那《黛玉葬花》的段子是我侯天成写的，你杨彩月可以唱，人家万芸儿就也可以唱。只是如今侯天成没有地方好去申明那个段子是他写的，就是找到地方去说，也是没有人相信。真是一个黑暗世界了！侯天成铺开稿纸，操起笔来就写下了“暗无天日”四个字，想以此为题写一篇文章，但只是看着这四个字的题目，侯天成就打了一个冷战，这头上的青天和青天上的日头，是你随便骂的吗？

“找死呀！”侯天成似又听见了马路上开车的司机骂他的那句话。

桌子上铺着稿纸，手里握着毛笔，心里骂着这万恶的社会，侯天成此时已是一身的正气，他离拍案而起已经差不多远了。只是侯天成心中的愤怒不多时就云消雾散了，他想起来自己已经一个多星期没有到西河沿卖文去了，再不去卖文，他就要没有钱花了。

此时此际，侯天成心里已是麻木得没有一点灵性了，莫说是写文章，就是抄文章他也是抄不上来了，迷迷糊糊地，他也不知道自己在纸上写了一些什么，写得困乏了，他扶在桌子上就睡着了。

一直睡到天大亮，侯天成这才抬起头，这时他就看见桌子上有一张稿纸，上面整整齐齐地写好了一篇文章。什么文章？再一细看，他也惊叫了一声，天哪！怎么竟然是一篇《宝玉探晴雯》？

“见鬼！”侯天成又一声大喊，抓起桌子上的那写着《宝玉探晴雯》大鼓词的稿纸揉成了一个团儿，随之，把手往口袋里一揣，他就跑出家门去了。

天知道侯天成是怎么跑到西河沿来的。才走进西河沿，就有人凑过来向他问：“一元二啦，给你开高价。”但是，今天侯天成口袋里没货，他抓了好半天，一篇小稿也没抓出来。

“唉。”侯天成叹息了一声，就从西河沿走出来了。

一连四五天，侯天成哪里也没去，就是“窝”在家里，无精打采地做他的吃饭虫，吃得也不多，也不馋嘴，我奶奶还问他想吃什么，他也没说出来，正好那一阵儿海货下来了，他就跟着我们一起吃了好几天的黄花鱼。

吃完黄花鱼，他也不出门儿，就留在家里心不在焉地和我奶奶说话。他给我奶奶说戏里边的故事，我奶奶就和他说老话，两个人倒也说得满热闹。

说话的当儿，我奶奶就对侯天成说，再过一个月就是龙国太的生日了。每年龙国太过生日，我奶奶都要亲自到府上去贺寿，今年又正逢龙国太的七十大寿,我奶奶说一定要给龙国太送一件她最喜爱的物件。

龙国太喜爱什么物件呢?她什么物件也不缺,只要是中国有的物件,她儿子都给她弄到手了。龙国太最喜爱的物件,就是讨人喜爱的人儿,还得是会唱玩意儿的人儿。听明白了吗?龙国太喜欢听玩意儿,最爱听逗人掉眼泪儿的段子。我奶奶对侯天成说,如果他能给哪个角儿写个新段子,到时候我奶奶把这个角儿带到龙国太府里,唱给龙国太听,只要是把龙国太的眼泪儿哄下来,一句话,明年我爷爷的生意就好做了。

"三伯母,你以为那新段子是那么好写的吗?我可是没有那份能耐。"说罢,侯天成就从我奶奶的房里出来了。

冲着侯天成的背影儿,我奶奶骂了他一句:"真是没有一点用处的东西!都说他会写大鼓词,真用着他的时候,他又说写不出来了。留在家里做你的吃饭虫吧!"

侯天成没有听见我奶奶骂他的话,此时他已经走到了大街上,活赛个游魂野鬼似的,东撞一头、西撞一头，满天津卫转悠。走着走着一抬头——德士古油行，卖石油的，和他没关系，再往前走；又走到一处地方，再一抬头——维格多利舞厅，更没他的事了，低下头又往前走下去了。

就这样侯天成整天在大街上逛，他想把那天在中华茶社的可怕经历忘掉，可是无论走到哪里，瞎老万跪在地上、万芸儿被推倒的样子，也总是在他的眼前浮荡。那印象太深刻，也太痛苦了。那个恶汉就像是把他自己从台上拉下来一样，当万芸儿跌倒的时候，侯天成的心里似被人打了一拳，侯天成觉得是自己受了莫大的侮辱。

梅花大鼓对于侯天成说来，只是一种雅好，但这种雅好给侯天成带来过羞辱，也带来过愤怒。他有饭吃，他也有钱花，写大鼓词，他就是“玩儿”。写着好玩儿，写着过瘾，可是他万万没有想到，他把《黛玉葬花》给了杨彩月，杨彩月一夜之间成了名，他才想享受享受做幕后英雄的快乐，杨彩月却把他一脚踢开了。又发现了一块好玉，听万芸儿的演唱，才把那个杨彩月忘掉了，谁料又让他看见了血淋淋的景象。从此罢休，再也不去想什么梅花调了。可是万芸儿如今流落到了哪里，瞎老万又如何咽得下这口气？侯天成欲罢不能，他已经是身不由己了。

心里胡思乱想，他整天地在大街上逛。走过小梨园，小梨园门外立着杨彩月的大幅画像，而且门外还拉着横幅："天下绝唱：《黛玉葬花》"，似是故意往侯天成的脸上吐唾沫。不看它，低头往前走，又走过中华茶社，里面冷冷清清，实在也是不想再进去了，就又往前走。

走着走着，侯天成觉着人忽然多起来了，人挨人，人挤人，路边各种各样做小生意的人在大声吆喝，卖包子、卖锅贴、卖糖堆儿……哦，三不管，侯天成走到三不管来了。

三不管是天津最热闹的地方，成千上万的人每天都要到三不管来挣钱。这里做什么生意的都有，吃的、用的、鸦片、毒品，还有许许多多说不出口的东西，反正这样说吧，只要你想得出来的东西，在三不管你就一定能够买到。你说我想买活人，没什么新鲜的，三不管还真有现货，从三岁到八十岁，男人女人，要什么成色的,就有什么成色的,当然价钱不同。

侯天成什么也不想买,他就是信步走着。走着走着,也不知道是怎么一回事,他就走进一个人圈儿里面来了。

三不管里一圈一圈的人围着,里面是做什么的?听玩意儿的。前面不是说过了吗?三不管是一个“撂地”的地方,在这里你可以听到、看到一切在园子里听不到、看不着的玩意儿:吞铁球、吞宝剑——一只宝剑三尺长,愣一口一口地吞下肚里去,待到吐出来的时候,剑刃儿上还带着鲜血。不看要把式的,你就去听唱玩意儿的,这里边有唱快板的,有说书的,有说相声的,有说“荤”笑话的。

侯天成走进来的这个人圈里是唱什么玩意儿的?不知道。侯天成心没在这里,他正东张西望呢,他也没听出来人圈里的那个孩子是唱什么玩意儿的,人圈里也乱,你喊我叫的,还有两个人为了什么事在吵架,有人喊:“打架外边打去!”打架的人就冲着那个人喊:“你管得着吗?你们家的地方?”

终于,人圈里的那个孩子唱完了。怎么就知道是唱完了呢？听玩意儿的人，开始散了。前面不也是说过了吗？三不管听玩意儿全都不给钱，你唱的时候，他站在人圈里听，你快唱完了，一回头，他走了，你连拦也不敢拦。有靠山的，那位爷刚要走，旁边一条大腿伸过来，一下子就把你绊倒了，爬起来，你还得乖乖地给钱。没有靠山的人，就只能眼看着人家走，连句话也不敢说，还得冲着人家的背影儿鞠躬："明日您老还关照。"

本来，侯天成应该第一个跑掉，因为他身上没有一分钱，已经好多日子没有写文章了，在侯家大院里做吃饭虫，已经怪难为情的了，怎么还好意思向人家要钱出来听玩意儿？可是如今自己走到人圈儿里来了，一段曲儿唱过，艺人已经向人们走过来，开始收钱了。侯天成实在是抬不起腿，迈不开步，他就是呆呆地站在边儿上，看着艺人向自己走过来。这时，他真恨不能有个地缝儿，好让自己钻进去。

"有钱的出个钱力，没带钱的，出个人力，瞎老万这里给各位爷们儿鞠躬了。"走过来收钱的，竟然是瞎老万，侯天成一下子怔呆了，他抬起头来再往里面看，人圈儿当中正站着万芸儿,她刚唱完曲儿,此时正端着小茶壶润嗓子呢。

瞎老万一点儿精神也没有了,他似是得过一场大病,身子还没有康复,走路的样子极艰难,脸上也带着疲惫不堪的神色。他瞎着一双眼睛,手里拿着一顶破草帽,反过来,向人们伸过去,一步一步地向人圈儿走过来。

"瞎老万觉出来了, 站在瞎老万对面的这位爷是一位贵人,谢谢您老的赏赐,过一会儿让闺女侍候您一段好曲。"瞎老万明明是瞎说,他对面站着的那个人早就走了,没有人往他的破草帽里放钱,他走了一圈,也没敛上几分钱来。

看着瞎老万病弱的身子, 看着万芸儿凄苦的神态,侯天成的眼窝已经湿润了,他真恨自己这些日子没有写文章,好歹写几篇文章,他也能赏他们父女几个钱,怎么就能眼看着他们白唱一天呢?

"这位爷,瞎老万给您老鞠躬了。"瞎老万也是一种本能,他感觉着人走得没剩下了几个,就径直走到了侯天成的面前,也没有站到侯天成的对面,和侯天成还差着好远的距离，他就给侯天成鞠了一个躬，随之，就把那顶破草帽伸过来了。

侯天成尴尬地站着一动不动，他觉得瞎老万似是睁着一双眼睛正盯着他，看他往那顶破草帽里放多少钱。侯天成实在没有一分钱，他的一只手就是在口袋里掏着，掏了好半天，也是没有掏出一分钱来。

“闺女，还不快给这位爷跪下。”瞎老万冲着身后的女儿说着。万芸儿一个女艺人，在三不管做艺有规矩，不许抬眼向人们张望，你一抬眼，立时就有人和你搭腔：“闺女，你这是跟谁飞眼儿呀？”埋汰地方，不会有好话，这就叫狗嘴里吐不出象牙来。

万芸儿听见她老爹要她下跪，头也不抬地就在原地方跪下了身来，跪在地上，也还是不肯抬头，就是感谢爷的一份赏钱。

侯天成的眼圈湿了，任泪珠儿涌了出来，他真恨不能跑到人圈里，把跪在地上的万芸儿扶起来，可是男女有别，莫看三不管不是好人来的地方，可是你真若是跑到人圈里把万芸儿扶起来，一准儿有人出来把你的腿打断：“怎么，想占人家闺女的便宜？”他们没有好心肠,一想就想到坏事上去了。

侯天成出了满头的大汗,他的双手在剧烈地抖动着,他想回身跑开,但是他面前站着瞎老万,人圈里跪着万芸儿,他想对他们说几句安慰的话,但在众人面前,他不能张口。无可奈何,他一双手就是在口袋里掏着,他真希望神奇地会掏出几分钱来,只要几分钱,就能让万芸儿站起身来,只要几分钱,瞎老万就会从他面前走开。

掏着掏着,忽然侯天成在口袋里摸着了一个纸团,也许是钱?什么时候忘记在口袋里的一毛钱?管他呢,先打发开瞎老万要紧,说着,侯天成就把那个小纸团从口袋里掏了出来,一把,就扔在瞎老万的破草帽里了。

趁着瞎老万没发现那只是一个纸团,侯天成回身就从人圈里跑出来了。跑到人圈儿外,他的心还在嗵嗵地跳着,他怕瞎老万从后面追上来,抓住他,骂他不该往他的破草帽里放一个破纸团儿。头也不敢回,侯天成匆匆地往远处跑,此时,他还听见瞎老万在后边让女儿向这位爷致谢的说话声呢。

一阵急急令,侯天成跑回家来,闯进大门,闯进二门,跑进南院,坐下身子,铺开稿纸,操起毛笔,他就要写文章了。他要写几篇文章,明天早晨好拿到西河沿去卖掉。卖掉文章,好拿着那几个钱去三不管,听万芸儿唱一段曲儿,然后放在瞎老万的破草帽里,一是补了今天胡乱放了一个小纸团的罪过,二是也接济他父女二人,看得出来,他们的日子实在是过得太苦了。

稿纸也铺好了,笔也握好了,可是写篇什么文章呢?侯天成脑袋瓜子空空地,实在是想不出好题目来了;想了大半天,侯天成在纸上写下了几个字:《论中国之前途》,呸,肚子一阵咕噜,捏着那张纸,侯天成就往厕所跑去了。

6

十几天的时间，侯天成一篇文章也没写出来，坐在桌子旁，才思枯竭，他一个字也写不出来了。

侯天成的额上渗出了汗珠儿，这一下，他心慌了：写不出文章来，他怎么活呢？一分钱也挣不来，虽然没有家室之忧，可是零花钱没有了，出去听玩意儿的钱没有了，往瞎老万的破草帽里放下一个小纸儿团的罪过也赎不回来了。侯天成越想越害怕，他用力地捶打着自己的脑袋，狠狠地骂着自己，侯天成呀侯天成，你真是一点儿用处也没有了。

写文章的事，怪得很，写在兴头上，越写词儿越多，这个还没有写完，下一个又出来了，就像秋天坐在枣树下边一样，好歹晃一晃树，就哗啦啦地掉下来一大堆，吃吧，一个比一个甜。可是一到写穷了词儿的时候，你就是再着急也没有用，冲着稿纸坐上三天，一个字也写不出来，说句不雅的话，这就和大便干燥一样，憋得你满头大汗，也是干着急，只能看着人家一篇一篇地写，你就是没词儿。

如今侯天成就写得没有词儿了，他冲着稿纸坐了好半天，也还是一个字也写不出来，好不容易想起一个题目来，把题目写出来，一看：《人类往哪里去？》鼻子一阵发酸，嗤，他又擦鼻涕了。

一直坐了半个月，侯天成没有写出来一个字，天灭我也，侯天成叹息一声，再也不写了，他知道从今之后，他就真是一条吃饭虫了。

侯天成身无分文，窝在家里做吃饭虫，偏偏他弟弟侯宝成又跑回家来，伸手向他要钱：侯宝成在外面赌钱欠下了赌债，人家逼着他还钱。

“我哪里有钱呀？”侯天成摊着一双手对他弟弟侯宝成说着。

“你没钱？骗鬼去吧。”侯宝成不相信地对他哥哥说。

“我已经一连半个月没有写出一篇文章来了。”侯天成也是万般着急地对他弟弟说着，“写不出文章来，哪里会有钱？”

“你别跟我装傻了，你说，你一个新段子卖了多少钱？”侯宝成立着一双眼睛毫不客气地向他哥哥质问着。

这一下，侯天成被问呆了，他想了好久，不明白侯宝成问的是哪桩事。停了好半天，他才不得不向他弟弟问道：“你说我卖的什么段子？”

“哎呀，哥哥，你可真不够意思，我但凡有一线之路，我不会回家来向你要钱。可是你知道这是赌债呀，到时候不给人家把钱送去，人家就会跟我动刀子。见死不救非君子，你怎么连手足之情都不顾了呢？”

“你呀你呀，你真是不讲理了，莫说是你欠下了赌债，就是你欠下了人命债，我也是没有钱给你呀。”侯天成急得摇着双手，向他弟弟说着。

“我就不相信你没有钱，我知道你存钱想娶媳妇儿，可是我现在有紧急用项，等我把钱赢回来，我加倍地还你。”侯宝成也是着急地对他哥哥说着。

“你说出皇帝老子来，我也没有钱。”侯天成斩钉截铁地对他弟弟说着。

“你说出皇帝老子来,我也不相信你没有钱。”侯宝成也是斩钉截铁地对他哥哥说着。

“我哪儿来的钱？”侯天成向他弟弟问着。

“你那段《宝玉探晴雯》,卖了多少钱？”侯宝成理直气壮地向侯天成问着。

“什么《宝玉探晴雯》？”侯天成不解地问着。

“跟我装傻了不是？你卖段子,能不要钱？”侯宝成直冲着他哥哥逼问着。

“我听不明白你的话。”侯天成气馁地说着。

“好,那我来问你,你写过没写过一个段子叫《宝玉探晴雯》？”侯宝成向他哥哥问着。

“写过。”侯天成回答着说。

“这个段子呢？”侯宝成又向他哥哥问着。

“我撕了。”侯天成不假思索地回答着。

“你不说实话了不是？明明三不管里万芸儿正唱着《宝玉探晴雯》,你怎么就说是撕了呢？”侯宝成对他哥哥说着。

“你说鬼话,那个段子我写好之后,本来是想给杨彩月的，可是杨彩月她忘恩负义，一气之下，我就把那个段子撕了。它怎么会跑到万芸儿手里去了呢？”侯天成说着，突然他似是想起了什么事情，停了一会儿，他又自言自语地说着，“是不是那个纸团儿？啊，我想起来了！”说着，侯天成狠狠地拍了一下脑袋瓜子，他想起那天把一个小纸团放在瞎老万破草帽里的事了。

“如今万芸儿在三不管唱《宝玉探晴雯》赚了大钱，你那个段子一百来句，人家瞎老万会留拴马桩，他让万芸儿分成五段唱，每唱到一个地方，他就让万芸儿停下，他出来敛钱，这一下，那些原来不给钱的爷们儿也舍不得走开了，也就只好给钱，那瞎老万还想出了歪主意，一次收不上十几元钱来，他就不让万芸儿往下唱……”

“真有这事？”侯天成不相信地向侯宝成问着。

“你真会装傻呀。”侯宝成还是以为他哥哥不和他说真话。

“走！”侯天成没有时间向他弟弟做解释，拉着他弟弟就跑出了家门。

一口气，侯天成拉着侯宝成跑到三不管，就觉得这三不管今天的人分外多,人多得挤不进去。没有办法,侯天成就只好顺着人流往三不管里面走,走着走着就听见唱梅花调的声音,侯天成停住脚步。好熟悉,他听出这是万芸儿的声音。

想挤到人圈儿里去听个仔细，但人墙太密实了,挤不进去,就只能站在人墙外边听,踮着脚尖越过人们的肩膀往里面看,倒也看见万芸儿正立在人圈儿当中唱,但是看不清容貌。声音细微的时候,也听不清唱腔。但是能够看出来,万芸儿唱红了,一曲《宝玉探晴雯》,把人们迷住了。

好不容易里面的人群散开了,侯天成往里面挤进去了一步,这时,他站到人圈里面来了,只和万芸儿隔着几步远。万芸儿一板一眼地唱着:“那个贾宝玉,坐在了病床边儿上,称一声晴雯泪湿了衣襟。”万芸儿唱得如行云流水,一句一句如泣如诉,唱到悲切处,万芸儿自己已经是泣不成声了。

“好！”忍不住人圈里有人喊了一声“好”,此时瞎老万放下三弦,拿着一个簸箕向人们走了过来。这次,再没有人走掉了，人们纷纷地往瞎老万的簸箕里放钱。瞎老万江湖中人,他明明觉出已经收下不少钱了,可是他还拿着簸箕冲着人们鞠躬:“瞎老万谢谢各位爷了,我闺女得恩师指点,学了一个新段子唱出了人缘儿,更感谢各位爷的抬爱,在三不管里给我们父女一块地界儿唱曲谋生,瞎老万多收下几个钱,也不是只为了自己, 想我闺女的恩师如今还正一筹莫展,瞎老万还要给恩师送上一份孝心呢。”

听过万芸儿唱的《宝玉探晴雯》,又听见瞎老万向人们敛钱时说的话,侯天成一时感动,竟然落下眼泪儿来了。他真想走到人圈里向万芸儿鞠个躬,感谢她唱红了自己写的《宝玉探晴雯》,可是他又怕打断了万芸儿的演唱,此时万芸儿正准备接着往下唱呢。

不多时,瞎老万回到人圈里,拉起三弦,万芸儿又接着唱起来了。

“你我相处五年八个月,脾气相和语言投机。你是情如冰雪人伶俐,出水的芙蓉无淤泥;晴雯哪,我是生为人也无大用,枉对了你对我的一片真情义,到如今我悔也恨也全无用,只看着你重病在身气吁吁。”

一板一眼,一字一腔,万芸儿在人圈里唱着,侯天成不知道自己站在什么地方,他只是一抽一抽地任由自己哭成了一个泪人儿了。

“好!”

万芸儿还没有唱完，人圈里又响起了叫好的喊声,不光是喊,还有人在用力地鼓掌,天津人说鼓掌是拍巴掌。三不管里多好的把式、多好的“玩意儿”,有人喊好,没有人拍巴掌,万芸儿算得是开天荒第一位了,她把粗鲁的天津爷们儿感动了。

“各位爷捧场。”说着,瞎老万又举着他的簸箕向人群走过来了,他一面走着,一面向人们说着,“这次,我瞎老万不是为我和我闺女敛钱,我为我们的恩师向各位爷们儿敛点钱。那一日我们父女正在落难之时,恩师五先生把他写的一个新段子放在了我的破草帽里,这好有一比,就好比是汉张良得兵书。我就对闺女说,芸儿呀,咱们父女二人得救了。只是,这位五先生自从把这段《宝玉探晴雯》赏给我们之后,就再也没有露面,我们父女二人想感谢他,也不知道到哪里去寻他。听说这位五先生是侯家大院的后人,我们一个走江湖的人,怎么会有胆量去侯家大院打扰呢?只求在场的各位爷，有认识五先生的，给他老人家带个话，就说是瞎老万和万芸儿就在三不管里等着谢恩呢。”

“哥哥，你还不快过去搭话？”说着，侯宝成就用力往人圈里推他哥哥。谁料，恰正是在此时，侯天成一回身，竟然大步地从人圈里跑出来了。

“哥哥！”侯宝成见他哥哥跑了出来，回过身来就在后面追，可是他从来没见过他哥哥跑得这样快过，就像背后有人追赶似的，侯天成径直跑回家来了。

跑回家来，侯天成一步就跑到了我奶奶的房里：“三伯母，龙国太过生日的官礼有人了。”

“你写出新段子来了？”我奶奶当即就高兴地向侯天成问着。

“不光是写出新段子来了，连角儿都找到了。”侯天成更是高高兴兴地说着。“谁？”我奶奶关切地问着。

“万芸儿。”侯天成回答着。

“哦，是她呀，我认识。”我奶奶地道的糊涂老太，她经历过、看见过、听说过的事，你对她说起来，她是什么也不知道；她没有经历过，没有看见过，也没有听说过的事，你对她说起来，她是有鼻子有眼儿地什么全知道。

“三伯母见过万芸儿？”侯天成好奇地向我奶奶问着。

“我怎么不认识她呢？”我奶奶向侯天成反问着说，“唱玩意儿的角儿，不过20岁，这么高的身材，圆圆的脸儿，大眼睛，尖尖的下颏儿，对不对？唱的是那个《霸王别姬》……”

“三伯母，你记错了，唱《霸王别姬》的叫玉儿。”

“那，这个叫什么呢？”我奶奶问着。

“芸儿。”侯天成回答着。

“噢，姐儿俩。”我奶奶又闹错了。

龙国太过生日，当然要唱堂会，但是，堂会是唱给宾客们听的，老寿星龙国太自己是不会坐到后花园里看堂会的；那么，龙国太做什么呢？龙国太坐在大花厅里，和她的老姐妹们一起说话儿，而在龙国太的老姐妹之中，我奶奶是最重要的一位。

如此一说，就显得有些吓人了。我奶奶怎么就成了龙国太的老姐妹了呢？这里面有分教。第一，莫看龙国太的儿子是北洋政府的总理大臣，其实这并没有什么了不起的地方，北洋政府前前后后一共有几十个总理，其中最短命的一位总理，在位不到一个小时，宣誓就职的典礼还没有结束，他就被人轰下台了。下了台回到原籍，他还是一个老乡贤，没有什么与众不同的地方，也不享受任何待遇，就和没发生这件事一样。而天津卫于北洋时期又是专门出大总统和总理大臣的地方，光是大总统就出过四位：袁世凯、曹锟、冯国璋，还有一位徐世昌，所以这总理大臣，也就算不得是个人物了。

北洋时期，北洋政府设在北京，北京算是前台，前台里打仗，闹得乱哄哄；而天津却是后台，后台里分赃，分得热热闹闹。你上台来我下台，走马灯一样，人出人进转得你眼花缭乱。据我奶奶后来对我们说，光是我们家亲戚，在北洋政府里做过大官的，少说也有几十位，而此中龙国太的儿子，还要叫我奶奶是表姨舅娘呢。这其中是怎么一个亲戚关系，诸位就绕乎去吧。

当然，老姐妹们陪着龙国太说话不能白说，说着说着话,其中的一位老姐妹就要有些表示了,这位老姐妹装作突然想起什么事情来的神态,回头吩咐随来的人把一样物件取过来，然后放在龙国太的面前,对龙国太说:“说是贵州的一户什么人家,孝敬我们老头子的一件稀罕物——金佛爷,就放在龙国太身边留着赏玩吧。”听出来了吗?她的老头子在贵州打仗时抢来的一尊金佛像,就送给龙国太了。龙国太哩,当然也没说不要,可是她一点也不表示喜爱,因为他儿子也不少往家里带这种东西，接过来就交给身后边的人,拿下去了。

我奶奶固然没有金佛像好送给龙国太，我爷爷念书,虽然书中自有颜如玉、书中自有黄金屋,但是撕不下来;撕下来、送给人家,人家也不要。可是每年龙国太过生日,我奶奶也没空着手来,今年她就给龙国太带来了一件最讨她欢喜的礼物:万芸儿的《宝玉探晴雯》。

带着万芸儿、瞎老万,陪着我奶奶到龙国太府上来的,是侯宝成。侯天成上不了高台面,到了这种场合,他就犯困,一不留神,他就睡着了。所以,莫看段子是他写的，角儿是他发现的，可是真到亮相的时候，他就躲起来，而由他弟弟出面了。

当侯宝成在南市一家小客店里找到瞎老万和万芸儿，并且告诉他们要带他们去唱堂会的时候，瞎老万抱着拳头一连对侯宝成作了好几十个大揖："谢谢侯先生抬爱，怎么就想到了我们？"瞎老万万万没有想到，一个在三不管"撂地"的艺人，居然会被人请去唱堂会。自古以来，唱堂会是一种规格，没有点儿名声的角儿，压根儿就没有资格唱堂会，一说这位老板昨天唱堂会去了，好家伙，够份儿了。

瞎老万当然要问是给哪位爷唱堂会，侯宝成说是去龙国太府上唱堂会，瞎老万一下子就给侯宝成磕了一个头："侯爷，你饶命吧。龙国太府邸，那是我们这等人去的地方吗？一句话错了板眼，吃饭的家伙儿就丢了。"

"没那么厉害，龙国太也不杀人，你只管去唱就是了。哄得龙国太掉下了眼泪儿，一句话，你们父女两个后半辈的日子就有了。"侯宝成对瞎老万说着。

"不行，不行。"瞎老万还是退让着说，"就算是闺女的玩意儿好,可是我这副容貌,龙国太一准吃不住劲儿,一个恶心,龙国太说,瞎老万呀,你这份容貌还活在世上做什么呢?连闺女的前程也耽误了。”

“你放心,就是你想见龙国太,我也不让你见的,你只管跟我去,到时候,我会有办法的。”

就这样,瞎老万和万芸儿就随着侯宝成一起到龙国太府邸来了。进了龙国太府邸,瞎老万和万芸儿先在下房里喝茶,侯宝成就和外面的爷们儿一起看堂会。过了一会儿时间,里面传出话来,说是请侯府里的七先生把角儿带过来,这时侯宝成就到下房把瞎老万和万芸儿领到大花厅里来了。

万芸儿才走进大花厅,跪在地上,冲着龙国太就磕了一个头:“万芸儿给老寿星贺寿。”

“哟,瞧这闺女,多会来事呀!”龙国太当即就对我奶奶说着。

万芸儿给龙国太磕过头,瞎老万却被侯宝成用屏风挡在后边了,龙国太也是眼神不济,没看见万芸儿身后还跟进来一个瞎老头子。

万芸儿磕过头之后,就退后一步站在了众位老姐妹的对面。这时，龙国太就向万芸儿问着说："叫什么名字呀？"

"回老祖宗的话，学徒叫万芸儿。"万芸儿回答着。

"芸儿，这名字不错。"龙国太点了点头说，随之，龙国太又向万芸儿问着说，"在哪儿唱玩意儿呀？"

"芸儿才从上海到天津来。"没等万芸儿说话，我奶奶就按照事先侯宝成教给她的话，回答着龙国太说，好在龙国太也不知道上海有没有人唱梅花调，她也不会让她儿子派人去上海调查，打个马虎眼，也就搪塞过去了。

不等龙国太再问话，侯宝成给了瞎老万一个暗示，瞎老万拉起三弦，一个小过门儿，万芸儿就唱起来了：

"那个贾宝玉，坐在了病床边儿上，称一声晴雯泪湿了衣襟。"

"好！"开篇才唱了两句，龙国太就听得着了迷，不管瞎老万正在拉着过门儿，龙国太就对她的老姐妹们说道，"贾宝玉和晴雯的事儿，我早就说过要编成曲儿唱的，怎么这许多年就没人编成段子呢？"

“我听他们说呀,这大鼓词可不好编着呢。”我奶奶当即回答着说。

这时过门儿已经拉过,万芸儿又唱了起来:

“你我相处五年八个月,脾气相和语言投机。你是情如冰雪人伶俐,出水的芙蓉无淤泥;晴雯哪,我是生为人也无大用,枉对了你对我的一片真情义,到如今我悔也恨也全无用,只看着你重病在身气吁吁。”

“你听听,你听听,这不心疼死人吗?”龙国太一挥手,下边的人立即送上来毛巾,她老人家已经早成了一个泪人儿了。

看见龙国太掉下了眼泪儿,在场的老姐妹们也一个个地跟着掉起了眼泪儿。一面拭着眼角儿,龙国太一面还和我奶奶说着贾宝玉和晴雯的事,据龙国太说,这事怪就怪在贾老太太没有主见,孩子们的事,该成全的就不要干涉,什么主子呀奴才呀的,他们两个人要好,你管那么多事做什么?

“可不是吗?”我奶奶当即就搭话说,“贾老太太也是不知道细情,冲着她疼孙子的意思,我想她若是真知道宝玉和晴雯要好,她也不会硬把他们打散。”

“这天底下的事呀，成，也是缘分；不成，也是缘分……哟，闺女你接着往下唱呀，别光听我们的。”龙国太和我奶奶说得高兴，竟然把万芸儿放在一边儿了。

万芸儿一曲《宝玉探晴雯》，听得满屋里的老太太们全哭成了泪人儿，不觉间曲儿唱完，龙国太竟然感动得泣不成声了。

“闺女，快过来，让奶奶好生看看你。”

哟，听出来了没有？龙国太把万芸儿认下做孙女了。

“万芸儿给奶奶磕头。”万芸儿是个何等的机灵人儿呀，她一步过来，就冲着龙国太跪在了地上，噔噔噔，一连就给龙国太磕了三个头。

“你别回上海了，你就留在天津侍候我们几个老姐妹吧。”龙国太一把将万芸儿拉过来，万般喜爱地对万芸儿说着。

“行了，这件事龙国太就别操心了。”我奶奶立即向龙国太说着，“我们院里的老七不是在这儿了吗？这事就交给他办去吧。”

“老祖宗,宝成在这儿了。”侯宝成听见我奶奶提到他,立即就走了过来,向着我奶奶说着,“说是留在天津吧,也不容易,各位老祖宗的府里,又不能总去打扰。”

“不是有个小梨园吗?”龙国太向侯宝成问着。

“小梨园是杨彩月的天下。”侯宝成向龙国太回答着。

“给杨彩月另找个地方唱去。”龙国太斩钉截铁地说着。

“她背后有袁六爷的势力。”侯宝成又向龙国太说着。

“袁老六算什么东西?他不就是会捣乱吗,告诉办事厅,给他派个官儿当就是了,无论多捣乱的恶霸,给他顶乌纱帽,就把他招安过来了。哟,闺女,你再把那《宝玉探晴雯》给咱们唱一回。”

瞎老万耳朵好使,龙国太那里话音才落,他的过门儿就又拉起来了。

“哟,这是谁给拉弦儿呀?”直到此时,龙国太才发现那个拉弦的人不知躲在什么地方了呢。

尾声

万芸儿到小梨园挂牌的前一天，小梨园的座位就全订出去了，这其中有天津卫的议长，有天津商会会长，有警察局局长，有各位富绅巨贾，反正这样说吧，凡是有头有脸的人儿，全都捧角儿来了。

当然，只一夜的时间，万芸儿就红起来了，红得发紫，红透了半边天。那个三不管有名的恶霸袁六爷，不光没有出来捣乱，他还亲自坐在小梨园里给万芸儿维持秩序，倘有人敢听完了段子不给钱就走，他也不动手，只在那人往外走的时候，他悄悄地一伸腿，“叭”的一下，就把他绊倒了。在天津卫，这手最厉害——下绊儿，当心着点吧，爷们儿。

那么侯天成呢？人家瞎老万和万芸儿与杨彩月不一样，人家知恩报德，小梨园里前面八张桌子，万芸儿每天都把正当中的那张桌子给侯天成留下，而且还摆好了四样干鲜果品，人家万芸儿说了，五先生终生的开销，她包下来了。万芸儿给五先生在天津最大的饭店开了账户，无论五先生几时要吃什么，立即就给五先生上什么，五先生吃过之后，抹抹嘴就走，到了时候，由万芸儿付账。而且人家万芸儿还说，五先生自己虽然不要任何酬谢，但万芸儿不能没有表示，每年给五先生一笔钱，足够五先生一年的花销，五先生写了一曲《宝玉探晴雯》，比我们写十部长篇小说的收入还多，后半辈子不犯愁了。

只是，五先生找不到了，不知道到什么地方去了，他弟弟满天津卫找他，也没有找到踪影。事情烦到袁六爷的头上，袁六爷曾经夸下海口说，在天津卫你就是丢了一根针，不出半个小时，他袁六爷也能给你找回来，可是这次，他也瘪了，找不着了，一点消息也没有了。

这其中只有我知道五先生的下落，因为我每天看报，我见报屁股上常常有什么“云中君”“茶后客”们写的文章，我料定，五先生一定还在天津，但他已经把世道看破了，写了一段《宝玉探晴雯》，唱红了一个万芸儿，他就别无所求了，躲起来卖文谋生，其他的不考虑了。这就对了，五先生，如今我就学着你的样子，名呀利呀的，早看透了。

家贼——府佑大街纪事

1

英国经济学家马尔萨斯的理论，放之四海而皆不准，只侯家大院的事实，就让他碰得头破血流。到底他是老外，对于中国的事情不知道底里，只凭他在小小英国看到的那些事情，写了一部《人口论》，就大谈什么人口增长的速度快于物质财富的增长速度，而且他还说物质财富按照代数级数增长，而人口则按照几何级数的速度增长。少见识了，在我们天津卫府佑大街的侯家大院，物质财富按照代数级数递减，而人口则按照几何级数和代数级数总和的速度在增长。

理论太高了，博士水平以下的朋友听不懂了。

听不懂不要紧，找个学问大的明白人来，向他请教。找谁？哎呀，这还用问吗？找咱呀。

侯家大院的物质财富按照代数级数递减，这好懂，就是“造”呗，“挣”钱的人少，花钱的人多，挣的钱有数，花的钱没数，自然就递减了。换个新潮词汇，这叫负增长。那么人口的增长速度呢？在别的地方怎么样我不知道，反正侯家大院的人口增长速度，那是代数级数和几何级数增长的总和。

别说绕脖子话了，是怎么一回事你就直说吧。这还不明白吗？侯家大院的人口增长速度太快了，在侯家大院，各房各院每年每月都有人生孩子：老的生，小的生，明着生，暗着生，稀里哗啦，每到年终一拢账，少说也要多出几十口子人来，这其中有爷爷辈的，也有叔叔辈的，还有儿子辈的，自然也有孙子辈的，而且，除了房檐上的鸟儿、院里的鸡猫狗和地底下的老鼠之外，是个喘气儿的，就是侯门子弟。

我给你们算呀，我爷爷这辈儿兄弟四人，分家不分账，分别住在侯家大院的正院、东院、南院、北院。怎么西院没有人住？不吉利。我们侯家大院说起哪房哪院来，总是说“东边儿”的、“南边儿”的，能说“西边儿”的吗？死鬼才住西边儿呢。前不久读到一位毛头小子写的老故事，一说哪个哪个兄弟住在西院，露怯了。

抬杠的人说了，不对，古人云“待月西厢下”，崔莺莺小姐就住西厢房。对了，崔莺莺住的是西厢房，不是西院。西跨院，是佛堂、祖宗祠堂，除了看管祖宗祠堂的吴三爷爷之外，平时是没有人去西院的。日久天长，空旷旷的院里长满了蒿草，虽然吴三爷爷也开出一块地来，种了许多名花，但就这样也还是显得荒凉，而且一到入夜，西院就有“动静”。吴三爷爷说，他真的看见过狐仙显灵的，那天晚上他在院里“惊动”着——也就是巡夜吧，就听见西院里有响动，吴三爷爷还以为是房上下来了人。知道什么人夜里会从房上下来吗？梁上君子，贼！可是当吴三爷爷扒着西院的院门往里面张望的时候，你猜吴三爷爷看见了什么？第二天一早，吴三爷爷就跑到正院来，迎着正要去洋行上班的我爷爷兴高采烈地说道：“老祖宗，恭喜啦，府上的日月是愈来愈发旺了。”我爷爷以为吴三爷爷在什么地方看见什么宝物，就忙着对吴三爷爷说：“这侯家大院当年奠基的时候，听说四个院角都埋下东西的。”我爷爷也是财迷心窍，埋在地里的东西，吴三爷爷怎么会看见呢？没等我爷爷询问，吴三爷爷就比画着对我爷爷说：

“老祖宗，昨天西院里有动静了，就看见一位老先生，还戴着一副水晶眼镜，挟着算盘，嘴里还自言自语地念叨着。说什么话，那是不会让我听见的，可是我看那眼神儿，明明亮亮，财神爷下凡啦，老祖宗。”

“托你的福吧。”听着吴三爷爷的禀报，我爷爷摇了摇头回答着说，“这侯家大院只怕是休矣了。”

“哎哟，老祖宗，可别说这样的话。你看这侯家大院，老一辈、少一辈，该是何等的兴旺呀！每天我送大少奶奶房里的小弟去学校，满马路的行人都说，你看看人家侯家大院出来的孩子，就是带着福相，这小哥，来日准当大官。”果然群众的眼睛是雪亮的，平反之后，到了四十五岁的那一年，我险些没当上副小组长。

还是说正经事要紧，怎么侯家大院的人口增长速度就是几何级数和代数级数的总和呢？这还用问吗？生呗。小一辈生，老一辈也比着生。我母亲才娶过门，第二年生我大姐的时候，我奶奶也“占房”，生我的十七姑，那一年我奶奶才四十三岁，不让生行吗？只那一年，我们正院就几何级数了一把。至于那几道院呢？更“级数”了。就看见前一个接生婆还没有离开，下一个又送到马大夫医院去了——马大夫医院是天津有名的产科医院，新潮的下一辈小奶奶们，是不肯在家里生孩子的。最丰收的一年，侯家大院新生儿的比例，是总人口的百分之六点一三，反正这么说吧，那一年除了像我这样压根儿不知道生孩子是怎么一回事的未成年人，和已经超过生育年龄的老人之外，凡是正当年的好汉们，每人都为侯家大院贡献了一名人丁。

这里要做一点点说明，所谓超过生育年龄，是指女性成员的生育年龄，男性成员，就不存在这个问题。南院的小凤给老九爷生他第三个儿子的时候，小凤只有十九岁，可是我们的老九爷却已经是六十五岁了，二位皆属适龄生育国民。

“造孽呀！”得知南院老九爷喜得贵子的消息，我爷爷没有过去贺喜，反而叹息了一声，那意思好像是不鼓励生育似的。

我母亲自然要过去贺喜的，见过老九奶奶，说了许多吉祥话，喜得老九奶奶光咬着瘪瘪嘴喷气儿。

从南院回来的时候，我母亲将萱之叔叔接到我们正院来了。

……

前年冬天，为了一件什么事情，老九奶奶回了一趟苏州老家，当六十二岁的老九奶奶从苏州老家回来的时候，人们发现在她的身边多了一个丫头。这丫头好相貌，当她搀着老九奶奶到我们院来给我奶奶请安的时候，我奶奶只打量了这个丫头一眼，立即就在心里骂了一声“孽障！”老九奶奶的一番谋划，也就被我奶奶看穿了。果然未出一个月，南院就传出来了消息，说是老九爷从“外面”回来，立即就把老九奶奶带来的那个丫头，收在房里了。

听到这个消息，我爷爷自然又是吐了一口唾沫，又自言自语地骂了一句“造孽”，随后就去他那美孚油行上班去了。我奶奶听过这个消息，就对我母亲说：“难为老九奶奶，怎么就想出了这样的办法，若真能收住老九爷的心，也算得是没有枉费苦心了。”

我奶奶看问题，有她的辩证法。老九爷院里已经立了三个房头，二房的姨娘没有生育过，不得宠；三房的秀娟姨娘生下的儿子莘之时时守在老九爷的身边，自然也就把老九爷控制住了。老九奶奶是正室，统揽着家政大权，那两个房头，明着服从老九奶奶的家法，暗中却各有各的鬼胎，老九奶奶早已经是大权旁落了。而且老九爷脚野，在家里待不住，你想呀，老九爷多年混迹军界，上面有靠山，下面有亲兵，无论是扩充地盘还是拉杆子打天下，类若我们老九爷这样的人才，必是不可多得的人物。这一连几年，外边也不知道又在“成全”什么事，老九爷已经不见踪影多年了。偏偏这几年南院里一连出了好几桩不“顺”的事，不把老九爷拢在家里，眼看着南院的日子就过不下去了。面临着这样的一个烂摊子，你说老九奶奶不是得想点什么办法吗？

果然这一招灵验，正在外面得意的老九爷，忽然一天也不怎么就想起天津还有他的家，赫赫扬扬地就回家来了，身边还带着马弁，明明是不想久留的意思。只是才回到家来第三天，老九爷就打发他的马弁回去了，是什么原因把老九爷牵住了？还用问吗？老九爷看见老九奶奶房里的小凤了。

也不知道是阳谋还是阴谋，反正老九奶奶回了一趟苏州，而且带回来了一个如花似玉的小凤，果然就把大局稳定住了，老九爷说，他不走了。

南院的老九爷，侯家大院最最出类拔萃的人物，自老祖宗从侯姓人家分支出来在天津创家立业以来，我们的老九爷是侯姓人家几辈子顶露脸的好汉。莫说是在天津卫，连华北、东北，再远至江南，一说起我们家的老九爷，没有不打冷战的。哟，你们家的老九爷怎么这样吓人？对了，我们家的老九爷威震天下。

老九爷大号侯介仁，一听这名字就是好样的。这位侯将军，哟，一不留神就把老九爷的身世说出来了，一改侯姓人家的家风，人家从军行伍，打天下了。怎么侯家大院还出这样的人才呢？我们家也没有祖传的兵书，祖辈上又没出过武状元，何以到了侯介仁这一辈上，就出了一个武夫呢？没什么秘密，袁世凯不是小站起家吗？袁世凯没成势之前，侯介仁是他的幕僚。袁世凯倒台之后，原来老袁麾下的阿猫阿狗摇身一变都成了各路的英豪，这一下我们的老九爷就成了短线人物了。奉系收买他，直系笼络他，皖系也想争取他，据说这位侯将军集袁世凯、徐世昌的心智于一身，得侯介仁者，得天下，如此我们的老九爷就成了风云人物了。

老九爷人在军中,但不着军装,他也没有军衔,大家称他是什么将军,也带着三分的玩笑。他今天在奉系待几天,帮助张作霖把老段收拾一下子,明天他又去了直系,帮助吴佩孚打下一片地盘,再过些日子他又换地方了。市面上常常有人打听侯将军如今落在哪一方了?不知道,哪边打胜仗,他就在哪一方。

当家主事的老头子, 成年在外面和人家鼓捣事,鼓捣一阵,就是一方的灾难,你说老九奶奶是不是得想个办法把他留在家里?如今小凤把侯将军俘虏了,一看见小凤,侯将军也不将军了,他也不运筹帷幄了,光在帷幄里服补药、喝三鞭酒了。

而且,老九爷把小凤收在了他的房里,明显是老九奶奶在老九爷的身边安下了自己的一只眼,什么二的、三的,再也凑不上前儿了,小凤一人独得专宠,老九奶奶把老九爷控制住了。过去南院里天塌下来,见不到老九爷的影儿, 老九奶奶又是有名的糊涂老太,一点儿主意也拿不出来,急得老九奶奶光往我们正院跑,央求我母亲帮她想办法,如今小凤把老九爷拴住了,南院里有了主心骨。

最最重要的事情是,过去老九爷房里无论发生什么事,老九奶奶连个信儿都不知道,如今老九爷在房里放个蔫屁,一会儿的工夫,连味儿都传过来了。为这事,我奶奶还埋怨我母亲,说我母亲就不会整治我老爸,像老九奶奶那样,你也给他买个丫头,那个"小的儿",再也休想张狂了。

我母亲没和我奶奶争辩,只想着老九爷把小凤收在房里,也该把萱之叔叔接到我们这边来了。

小凤只有十七岁,而我们的萱之叔叔却已经十九岁了,小凤在老九奶奶房里,萱之叔叔无所谓,老娘房里的丫头嘛,还可以侍候自己呢。但如今小凤被收在了老九爷的房里,这一下,人事关系变了。头一桩难事,就是萱之叔叔该称小凤什么呢?还叫小凤,不合家法了,没大没小。叫姨娘?按顺序排,应该排到四姨娘,序号准确,接受上有障碍。莫说是萱之叔叔自己觉得别扭,就是老九奶奶也觉得别扭。再至于老九爷,他无所谓,谁爱别扭谁别扭,只要他不别扭,天下就没有别扭事。

为萱之叔叔的事,我母亲可是费了思忖了。我母亲和我爷爷商量："萱之近来身体不大好，南院里乱乱哄哄的，还是把萱之接到我们这边来吧。"

"唉。"我爷爷以他独特表示同意和不同意的方式，叹息了一声，再往下面，就一句话也不说了。

如今，小凤又占房了，正是一个好机会，我母亲以向老九奶奶祝贺为借口，到南院来，只对老九奶奶说："九奶奶大喜的日子，侄儿媳妇怕九奶奶顾不过来，还是让萱之到我们那边住些日子吧。"

我母亲话声才落，"哗"地一下，老九奶奶的老泪儿就流下来了："大少奶奶，到底是出身名门，心地慈善，这侯家大院多亏有这么个好人成全呀，若不，大少奶奶看见了，这不是让人耻笑煞吗？"

"九奶奶可不要说这样的话，这不是大喜事吗。侄媳妇不知道九奶奶是什么心气儿，这桩喜事，想要个什么排场？"我母亲极是严肃地对老九奶奶说着。

"大少奶奶，可护着我们这边的脸面吧。他不怕损，我还怕损呢。""损"，天津俗语，一个人做下了见不得人的事，还装得若无其事，那就叫不怕"损"，类若"文革"那阵子的挨批游街，一趟游街下来，该吃的吃、该喝的喝，一点儿也不嫌寒碜，那就叫不怕“损”。

“家里有这么个老孽障，你说说，我不是得想法儿拢着他吗？什么事也瞒不过大少奶奶，这些年，我们这边鸡吵鹅咬的，现世报呀。给他房里收了个小凤，这院里才平息了些，那些三的、二的，再也凑不上前儿了。大少奶奶，你老九奶奶可是一心成全这个家呀。”说着，老九奶奶的老泪已经流到瘪瘪嘴角儿来了。

“若真是这样，容侄儿媳妇放肆，到了小叔叔满月那天，就在府里热闹热闹吧。”我母亲所说的“热闹”，就是摆个家宴呀什么的，侯家大院吃酒席，是家常事，也没有人问是为了什么原因，反正酒席摆好，大家就照吃不误，管你是谁的东，管你是什么事，呼啦啦一众人等走进饭店，酒席摆上，坐下就吃。如今的吃酒席只比我们侯家大院多了一个程序，我们侯家大院无论吃什么酒席，吃光拉倒，如今的吃酒席，吃过之后，还有一道手续——开票。为吃到肚里去的山珍海馐寻找理由，冠冕堂皇，工作需要，以革命的名义，就把好好的东西变成大粪了。

幸好老九爷厚道,他没追问为什么别的房里添丁大肆庆祝,又是“满月”,又是“百岁儿”的,兴师动众,怎么我的小凤给侯家大院生下一个大胖小子来,你们却要无声无息地只热闹一下敷衍了事呢?你们也看着我太好欺侮了。

老九爷果然好修养,而且严于律己,不事声张地,就让事情过去了。而且老九爷为了表示自己的无奈,还给小凤生下的大胖小子起了一个乳名:多啦。从此南院里就多了一个“多啦”,而生下了“多啦”的小凤,却没有提升为“多啦”他娘,大家依然小凤小凤地叫着,侯家大院里没有她的名分。

南院里多了一个“多啦”,这位不多啦的萱之叔叔就不好再在南院里住了,我母亲事事为全家人着想,她决定把萱之叔叔接到我们院来住,真是做了一件天大的好事。

2

老九爷金命，立不住后辈，在萱之叔叔之前，老九奶奶一连生了四位千金，气得老九爷光给菩萨敬香。后来一位什么神仙给老九爷看命相，这位神仙指点老九爷说，想结果，不能光靠一棵树。这一下，老九爷心有灵犀一点通了，就在老九奶奶给老九爷生第四位千金的时候，老九爷在外面喜结良缘，立了一个外宅。

老九爷自然知道侯姓人家在天津的地位，举手投足都要顾及影响。老九爷立二房，目的只有一个，就是要给侯家大院南院续香火，绝对没有别的目的。于是老九爷为选他的二房偏室，很是费了一番心血。先考察血缘，有据可考，这位女子的老娘，一连生下了四个儿子，到了第五胎，还是求过了菩萨，说是女儿是娘的小棉袄，这才生下了一位千金——合格，有生儿子的遗传基因，只是相貌丑些，没有关系，价值取向不同，生儿子是最高使命，合过八字，说是命薄，当然，命不薄能嫁给一个老头子做二房吗？注意，不是续弦，那叫填房，正儿八经的奶奶。如今是给老九爷当二房——小老婆，是一切有身价的中国女子至死也不能当的角色，中国人骂人，最难听的话“小老婆养的”，比骂“走狗”还严重，可见小老婆的不可当。那为什么这位女子愿意做小老婆呢？不是穷嘛！穷，又没志气，不肯跟个穷汉子一起过苦日子，做小老婆吧，鱼与熊掌不可兼得了。

老九爷收了二房之后，这位二姨娘不负众望，才进门一个月，眼看着肚子就一天一天地凸出来了，而且其凸起速度之快，已远远超出一般女性的凸起速度。也正是在老九爷高兴得满面春风、老九奶奶暗中盘算日子不对的时候，突然从二姨娘的房间传出了消息，说是信息不对，二姨娘平安无事，空喜欢了。

信息不对，怎么肚子凸起来了呢？吃的太好了，皮下脂肪积存速度太快了。不光是腹部凸起，连屁股蛋、大脸盘都一起凸起来了，没过几个月的时间，二姨娘体重增加了几十斤，已经成了侯家大院头号胖奶奶了。走路呼哧呼哧喘大气，好好的坯子，废了。

正在此时，一场闹剧袁世凯下台，老九爷的靠山倒了，老九爷侯将军回到天津解甲归田，虽然没有金盆洗手，但却做了一名闲人，又皈依佛门，也总算是立地成佛了。在中国大凡是行伍的人，一旦回到故里，大家一定要拥戴他做些造福社会的闲差，老九爷靠着侯姓人家的名声，联络了一干人等，就在天津成立了一个新民协会，据新民协会成立宣言所说，其目的仍然在于教化民众，促进世界大同云云。

老九爷白天去新民协会供职，闲来就去居士林听经，而且老九爷皈依佛门心诚，他还在家里立了佛堂，每天一早一晚叩拜神灵，正儿八经跪在地上磕一百个头。磕了三个月，老九爷体壮如牛，他自己说是感动了上苍，恩赐他一身好筋骨，好筋骨派上好用场，果然老九奶奶就给他生下了大儿子，老九爷的这位大儿子，就是我们的萱之叔叔，那一年老九奶奶已经是四十五岁了。

南院里喜得贵子，本来是一件大喜事，但没有料到，就在我母亲代表我奶奶来到南院贺喜的时候，正赶上老九奶奶发疯一般地跑到院里，更在老槐树树杈上系了一条丝绢，哭着喊着地要上吊呢。

“我不活啦，我也活不了啦！大少奶奶，积德行善，把这孩子抱到正院府上去，只把他当猫儿狗儿地养着，待他长大成人，告诉他，他母亲是让他的老孽障爹活活气死的呀！”看见我母亲来到南院，老九奶奶抓住了系在老槐树树杈上的那条长丝绢，放声地哭喊起来。南院里的上上下下自然不会眼看着老九奶奶自寻短见，众人把老九奶奶围在中间，拦着她，一致希望她再活些日子。

“九婶娘。”立即，我母亲走到人圈儿当中，扶住了大哭大闹的老九奶奶，和颜悦色地安抚着说，“大喜的日子，怎么就想起什么不称心的事了呢？快把老九奶奶扶到房里去。”说着，我母亲更向围在老九奶奶身边的用人们发起了威风：“你们这些人，真是无用，事情到了这样程度，怎么就没有人往正院送个信儿呢？让九奶奶着急了。一个个的还愣着做什么？还不快把九奶奶扶到房里去。”

在侯家大院，我母亲发起威风来，那是很有震慑力的，比皇宫里的龙颜大怒还可怕，而且也不开打招呼会，脸色一沉下来，整个侯家大院就全吓呆了，连房檐上的小猫儿，都吓得不敢动弹了。

我母亲一声吩咐，众人立即像敬圣旨一般地将老九奶奶捧回到了屋里，我母亲又让人们退去，这才向老九奶奶询问何以要表演这一出自绝于人民的闹剧？

比比画画，话不成句，语不成声，断断续续地老九奶奶向我母亲说起了南院里发生的事。什么事情呢？嗐，别提了，侯家大院还有救国救民的事儿吗？就在老九奶奶生下萱之叔叔的同时，老九爷又把一个女人领进了侯家大院，而且这个女人还抱着一个才生下来的孩子，据说只比萱之叔叔晚生三天。

哎呀，这不是双喜临门吗？

我母亲心里虽然是这样想，可是没有说出来，我母亲先安抚得老九奶奶不哭不闹了，这才向老九奶奶做工作，帮助她正确认识新形势下出现的新问题。

我母亲才要从理论上做点阐述，老九爷从外面回来了，老九爷没有到老九奶奶房里来，他只停在院里，看着还系在树杈上的丝绢，大声地喊叫着发威。

“我为谁？”老九爷理直气壮地大声说着，“我还不是为了要有个后辈续香火，前面四个女儿，我都当皇帝家的女儿疼爱着。为了积下阴德，多少次我去求菩萨敬香拜佛。一辈子辛辛苦苦，挣下这一些家业，我容易吗？怎么着就没有一儿子呢。虽说知道你怀了身孕，也不敢念想我就有这么大的德行呀，我已经是四十多岁的人了，还能再等几年？讨个女人，我是求子心切呀。老祖宗在天之灵，我对得起一家老小呀。”

头头是道，老九爷对自己来了个一分为二，把不是人做的事，说成是人应该做的事了。本来嘛，老九爷想求个儿子，难道是为了自己吗？一心想的就是这户人家的未来，这么大的家业，难道就白白地留给他人了吗？前面生下了四个女儿，如今又有身孕，谁相信就“转”了胎气？就在这同时，又种下一线希望，这有什么不应该的呢？

“你闹什么？”老九爷立在院里向老九奶奶暗示着说，“说到哪里，萱之也是正根正叶，那个晚生的也是弟弟，何况还是庶出，你还怕来日有什么纠缠？现在我就立下字据，百年之后，长子承继。”

完了，老九奶奶没的说了。第一，老九爷私立外宅，光明正大，而且又生下了一个儿子，功大于过，少说也是三七开。第二，老九爷做好了后事安排，这南院里的万贯家财，将来只由长子继承。你还有什么话说？

……

按道理讲，老年得子，老九爷应该将萱之叔叔视为掌上明珠，偏偏萱之叔叔到了十九岁那年，老九爷将小凤收在了自己房里，也不知道是为了什么原因，从此这父子二人渐渐地竟变成了冤家对头，而且父子仇怨愈来愈深，直到不可调和，于是就有了代沟，他们两个人一个在沟的这边儿，另一个在沟的那边儿，就水火不相容了。

尽管从小凤一“占房”，我母亲就把萱之叔叔接到了我们正院，但老九爷还是心意难平，动不动就在他们南院放声大骂：“家贼！没有家贼引不来外鬼，我走南闯北挣下来的这份家业，眼看着就败在你们手里了。”

家贼是谁？不知道，没有人拾这个“碴儿”。萱之之下，还有莘之，那时候还没有多啦小哥，萱之叔叔正在南开学堂读书；莘之叔叔游手好闲，这年也是十九岁，这孩子天生就是小老婆养的材料，从一懂事就讨老九爷的欢心。老九爷爱喝酒，这位莘之先生虽然不喝酒，但于酒事极是内行，老九爷那里才启开酒坛，莘之小哥就嗅出味道来了，头锅、二锅、老窖、大曲，一说一个准，连老九爷都给他的二儿子翘大拇指。老九爷雅好品茗，待到莘之小哥才长到十二岁的时候，人家孩子就不愧是一位茶博士了——闭上眼睛，不看茶色，也不必品吮，只要嗅上一下，立即，什么龙井、乌龙、云雾、毛峰，雨前的雨后的，明前的明后的，绝对不会有半点差错，信不信由你，这也是一种天赋。而且，人家孩子在家里雇着蛐蛐把式，一年花在蛐蛐身上的钱，少不下多少万元。买蛐蛐，养蛐蛐，斗蛐蛐，到了秋天蛐蛐死了，还要发丧蛐蛐，规格最高的一次，一只什么恶虫死了，人家孩子竟然给那只蛐蛐打了一只小金棺材，厚葬，还做了法事，超度蛐蛐来世投生到侯家大院来。哦，也许就真是这么一回事了，第二年头上，小凤就生上了那个多啦。这个“多啦”，说不定就是前年的那只恶虫,你听多啦的哭声,和蛐蛐的叫声差不多,哆哆嗦嗦的。

莘之小哥在侯家大院做吃饭虫,老九爷在院里大骂“家贼”,是不是骂他?

不是。

那么,南院里的家贼是哪一个呢?

侯萱之。

不光是老九爷骂他的大儿子侯萱之是家贼,南院里上上下下都骂侯萱之是家贼。而且在铁的事实面前,就连萱之叔叔的生母——我们的老九奶奶,也不得不承认她亲生的儿子侯萱之是家贼。

家贼者,家中的败类也。汉代的大哲学家、唯物主义者王充,就曾经在他著的一部哲学著作《论衡》中,对于家贼一说有过诠释。王充说:“宋华臣弱其宗,使家贼六人,以剑杀华吴于宋。”这就是家贼一说的由来。到了近代,更有一句名言:“堡垒最容易从内部攻破”,这个“内部”,就是家贼。没有家贼勾不来外鬼,欲防外鬼,必须先治家贼,此乃安邦强国之根本也。

萱之叔叔做下了什么对不起老九爷的事,老九爷就骂他是家贼了呢？

没有，萱之叔叔什么对不起老九爷的事情也没做，萱之叔叔之所以被老九爷骂作是家贼，理由只有一个，那就是因为萱之叔叔是一个有为的青年。

有为，怎么反被视作是家贼了呢？

很简单，在一个无为的家庭里，有为的孩子自然就成了家贼。

……

侯萱之好好一个孩子，怎么就堕落成家贼了呢？在这方面，我们正院有不可推卸的责任，而在我们正院的责任当中，我的六叔萌之更是罪魁祸首。

我们正院的六叔萌之，和萱之叔叔是同岁，两个人一起上学，在一个学校，又在一个班级里，自然就成了要好的朋友。早晨两个人一起背着书包去学校，中午下学，今天在正院用饭，明天一高兴又一起去南院用饭去了，反正无论两个人在哪道院里用饭，都会派人送个信儿过来。在我们正院用饭，自然是我们的吴三爷爷要到南院去向老九奶奶禀报一声；在南院用饭，南院也会派过人来向我母亲禀报："禀报大少奶奶,六先生在南院用饭了。"我母亲答应一声,然后又询问道:"没有鱼吧?"传话的人立即又向我母亲禀报说:"大少奶奶放心就是,自会有人经心的。"就是这样,晚上六叔萌之回到院来,我母亲还要向他询问中午饭吃得称心不称心。

近朱者赤,萱之叔叔和我们的六叔萌之一起读书,自然就知道努力,每天晚上总要到很晚时候萱之叔叔才会回他们的南院去。自然,还是吴三爷爷的一路呵护,每天晚上萱之叔叔回南院去的时候,我们的吴三爷爷一定要护送他走过正院和南院之间的女儿墙。吴三爷爷说,女儿墙后面就是西跨院的佛堂,那院里有"动静",仙家也是喜爱读书的孩子,说不定什么时候出来,拦住孩子问一个什么字,就要吓孩子一跳。大宅院嘛,就是有这些邪门儿的事。仙家,就是狐狸,它又不读书,怎么会出来拦住孩子问字呢?反正吴三爷爷这样说,你就这样信,免得他和你争辩。

萱之叔叔在正院和我们的六叔萌之一起读书,轻易不到他们南院去,南院里只有莘之叔叔陪着他老爹看戏品茗。身边有个游手好闲的吃饭虫儿子莘之,一点儿不妨碍老九爷金屋藏娇；萱之叔叔住在我们正院，终日和我们的六叔萌之一起读书，反倒成了老九爷的心腹之患。终于有一天老九爷来到我们正院，对我爷爷说他已经决定把他的大儿子——也就是我们的萱之叔叔送保定陆军学校深造去了。

老九爷送萱之叔叔去保定陆军学校，理由十分充足，老九爷自己行伍出身，他自然要让自己的儿子将来在军界发展，在中国做什么生意也比不上种铁杆庄稼赚钱，何况老九爷在军界又有根基，送萱之叔叔去保定陆军学校，比让他跟着我们的六叔萌之一年一年地读书要好得多。虽然眼看着他们两个人就要读大学了，那至少也要四年之后才会有出息。如今中国一天一个样儿，好歹赶上个机会，一把火，披件老虎皮，就有出头之日，说不定什么时候萱之叔叔成了人物，到那时，只怕这天津卫府佑大街上的侯家大院还要靠萱之叔叔护佑着呢。

就这样，萱之叔叔离开侯家大院到保定陆军学校读书去了。只是我们的萱之叔叔不成器，不到半年时间，为了一桩什么事情，就被保定陆军学校开除，险些下了陆军监狱。这一下老九爷有理了，费了好大的力气把萱之叔叔赎回来，从此，老九爷在院里骂得更凶了："孽障、家贼，不成器的东西，这个家迟早要败在你的手里，真是家贼呀，我没做伤天害理的事，怎么老天就让我院里出了个家贼呀！"

3

侯萱之这样的好孩子，又是老九爷走关系把他送到保定陆军学校去的，那个保定陆军学校的校长还是老九爷一手提拔起来的老部下，他怎么就会把侯萱之从保定陆军学校开除出来，还几乎把他送进陆军监狱去呢？

自然是侯萱之触犯了军法。

侯萱之怎么就触犯军法了呢？

他造谣。

说老实话，侯萱之不是行伍的材料，如果能让侯萱之安下心来读书写作，肯定比他的侄子，也就是比在下我要强得多。但老九爷就是看着他在家里读书碍眼，正好有个保定陆军学校刚刚成立，又急着招收一批学生，为来日救国救民造就人才。也正好保定陆军学校的校长到天津来为了什么事情要和侯将军请教，于是阴错阳差，侯萱之就走上了行伍的道路。

侯萱之，文弱书生，手无缚鸡之力，他怎么就被保定陆军学校录取了呢？你忘了，保定陆军学校的校长不是我们老九爷的老部下吗？一老部下，就什么事情都好办了。体弱多病，改成力可拔山，张君瑞能变成猛张飞；条件嘛，那是由人编写的。

保定陆军学校校长，名字叫于拂晓，当然原来他也不叫于拂晓，当兵的时候他还叫于天亮呢，几年时间混得不错，他拂晓了。怎么就叫拂晓呢？打仗不都是选择天蒙蒙亮的时刻吗？好歹也是个官了，天亮、天亮地叫着，也不顺耳，找个近义词吧，“天亮”就改成“拂晓”了。

进保定陆军学校，你一生就有了前程。保定陆军学校是一个为中国培养帅才的学校，保定陆军学校毕业出来，再没有后戳儿，少说也是一个团长，一出校门就当师长、军长的，有的是。如今华北局势变化莫测，军界正有人暗中勾结日本军方闹什么华北独立，保定陆军学校扩大招生，就是为来日成立华北军招兵买马。侯萱之能有机会进保定陆军学校，再有他老爹侯将军这样的靠山，一两年时间毕业出来，说不定还会闹个副司令当当呢。到那时，连我都跟着沾光。

当然，陆军学校的校规非常严格，学生们每天早晨都要出操，晚上还要点名，一过十点，监舍熄灯，学生们一律要睡觉。为了防止学生淘气，熄灯之后，监舍大门紧锁，监舍的窗户上还有铁条，再淘气的学生，就是你长出翅膀，也休想从学生监舍飞出去。

不过说来也怪，陆军学校已经把学生们都锁在监舍里了，可是每到入夜，就在陆军学校周围，神出鬼没地总有妖艳的女子出现。干什么的？那还用问吗？姐儿、妓女。顶级的姐儿，只有十四岁，绝对是西施再世。怎么这里就有这样绝色的美女呢？对了，没有这些国色天香，陆军学校能在这里建校吗？英雄爱美人，美人爱英雄嘛。

正在当年的小牛犊子们被锁在监舍里，凭窗向下望着街上走过来、走过去的妖艳姐儿们，能不动心吗？不必为古人担忧，哪个姐儿也没闲下。莫非陆军学校的学生们都长了翅膀不成？没有。没长翅膀他们怎么就把街上的“鸡”捉到手的呢？监舍不是有门吗？是的，那大铁门已经用大铁锁锁牢了，没错，那把铁锁一天一换，怕的就是学生们用什么办法打开那把铁锁。门上的铁锁打不开，还有窗户，当然，窗上焊着铁条，但是，告诉诸位一个秘密，那铁条有几根是浮摆在窗户上面的，这几根原来焊在窗户上的铁棍棍，早就被前几届的学生一根一根锯断了。白天还摆在窗户上面，入夜，几时想出去，一伸手，就把铁条拿下来了，好在孩子们的身子也瘦，一侧身，人就从窗户跳出去了。监舍不是全在楼上吗？连这么点能耐都没有，你还进的哪门子陆军学校？来个鹞子翻身，人就飞下去了，身上连一星土都沾不上——军人嘛，练的就是过硬功夫。

偏偏，侯萱之和他四个同窗住的监舍对着后院。才熄灯不久，又听着院里巡夜的教官已经从后院走了过去，立即几个小孽障从被窝里爬出来，急急忙忙穿上衣服，自然不是校服，都是从家里带来的少爷皮，把窗上的铁栏掰开，随之就一个一个地从窗户“顺”出去了。当然，我们的萱之叔叔不会和他们一起去做那种坏事，再说监舍里也要留下一个人，好把铁护栏再安装好,还要等那几个学生回来,把他们一个一个地拉上来。

这一夜,那三个孽障“顺”出去之后,监舍里只剩下了侯萱之一个人,他把窗户上的铁栅栏安好,美美地睡一觉,眼看着天快亮了,拂晓了,外出的学生该回来了,侯萱之急忙起床,立在窗户前,等着接应那三个在外面过夜的同窗。

凭着窗户张望了好长时间,就听见后院里传出匆匆的脚步声,侯萱之还以为是他那几个同窗“风光”之后回来了,向下一看,我的天,惹了祸了。你猜侯萱之看见了什么?侯萱之正看见,确确实实,正看见保定陆军学校的校长于天亮, 准确的说法是于拂晓校长大人,正拉着一个姑娘往后门走,怎么这姑娘侍候过校长大人之后,还要校长大人亲自送她出来呢?没那么大的架子,那姑娘昏过去了。

昏过去倒也无所谓,拉出去就是了,校长大人也不是没做过这种事,只是今天偏偏多事,校长大人才似拉只死鸡子似的把那姑娘拉到院里,“嗯” 的一声,那姑娘苏醒过来了。侯萱之就看见那姑娘突然从于天亮的胳膊肘下挣脱出来，放开嗓子就喊了一声："你还没给我钱！"

于天亮不愧是个地道军人，没等姑娘的喊声传开，一抡胳膊，那姑娘就被于天亮从后门扔出去了。

"查监！"

于天亮把那姑娘扔出去之后，回身就打开了学生监舍的大门，一步跳上楼来，他要查房。而且别的监舍他还不查，他只查对着小后院的这一排监舍，一共四间监舍，每间监舍只有一个学生。

二话没说，于天亮就把这四间监舍里留下的四名学生带到了校长室。于天亮不追问每个监舍里的那三个不见的学生做什么去了，于天亮开口先问："你们在监舍里做什么了？"

"睡觉了。"四个学生异口同声地回答着说。

"没听见什么喊声吗？"校长又问。

"报告校长，我们年轻，一睡着了就和死狗一样，莫说是喊声，就是炮声也惊不醒的，说起来我们还为这事犯愁，毕业之后如何带兵打仗，一觉睡过去，醒过来，营盘被人拔了，那可真辜负校长的苦心栽培了。"

“好,很好,你们很好。”于天亮点了点头,夸赞这四个学生说,“好,你们如此一心想着早成帅才,我一定要对你们格外关照，现在你们就回监舍打点行李，连夜出发,带上我的片子,明天中午赶到古北口兵部报到。我恩准你们提前毕业,加封每人少尉军衔。立正,向后转,齐步走。”

“啊！”四个学生按照校长的口令走出校长室,一下子,四个人就吓呆了。学生们当然知道去古北口兵营意味着什么,那可不是好地方呀,古北口军营正是军事前线,每天每夜都和友军发生摩擦,若不华北就得赶快独立自治呢,群龙无首,天下大乱,驻军之间相互以偷袭兵营为乐事,常常夜里一声喊叫,立即吹号出击,跑出营房,什么事情也没有,就是放哨站岗的弟兄的耳朵被偷袭的友军割掉了一只,友军呢？跑了。

军令如山,校长一声令下,就在拂晓之前,一辆军用汽车,把这四个学生拉走了,都没有向同窗学生话别,匆匆在校长室举行了毕业典礼,还接受了军衔,立即,就从保定陆军学校滚出来了。

无可奈何,四个学生乖乖地被送到古北口。走进兵营，来到营部，正等着发军装，没想到突然几个大兵把他们四个人抓住，不由分说，就将他们押到了军事监牢，推进一间湿暗的牢房，哗啦啦，一把铁锁锁住了牢门，他们四个人成了囚犯。

“我们犯了什么罪？”不知道内情的学生喊着叫着地询问，只是没有人搭理你，在里面待着吧，没有人给你们“落实政策”。

在兵营的牢房里关了好多天，才终于一个个地被提出去审讯了，直到此时，这几个孩子才知道自己犯下了哪条军纪。据提审的官长说，保定陆军学校近来一个时期谣言蜂起，经过追查，造谣生事的，就是这四个捣乱的学生。

“我造了什么谣？”被提审的学生向官长质问。

“你还问造了什么谣？谣，就是谣。什么说军校克扣学生的饭费呀，还有什么校长教官有什么花花案儿呀，都是造谣。我也是保定陆军学校出来的，我还不懂这个？”叭的一声，军官狠狠地拍了一下桌子，表示真理在他手中。

“那我是造了什么谣呢？”大胆的学生还是要问个

明白。

“呸！你自己造的谣，倒还要来问我。来人呀，带下去，若不是看在同窗的情分上，我非得抽你几鞭子不可！”

如此，被提审的学生就被送回牢房去了。

回到牢房，刚刚被提审过的学生自然就要和同学们唠叨：“你们知道给咱们安的什么罪名吗？造谣。你说好好的咱们造的什么谣呢？”

这一说，侯萱之明白了，什么造谣呀？就是那天夜里于天亮把一个姑娘鼓捣得死过去了，他想把人家孩子拉出校门扔出去，没想到半路上孩子苏醒过来，放开嗓子喊了一声：“你还没给我钱！”其实，孩子喊的声音并不大，夜半三更，也未必就有人听见，但于天亮做校长心虚，把姐儿扔出后门，一步来到学生监舍，他要查房。对于那些未在监舍里的孩子，他不追究，反倒将几个没出去荒唐的好孩子抓了起来，抓了这些好孩子，他也说不出个屁理由，当机立断，他特批这几个好学生提前毕业，连夜送他们去古北口，如此，他那桩丑闻才没有张扬出去。自然，还是我们的萱之叔叔品德好，直到此时，他也不把自己看到的那件丑事说出去。有什么用呢？这些人既然做坏事，就不怕张扬，还不等你张扬，早急急地把你送走了，到了地方再安个罪名，下了大狱，那桩你看见的事情，就烂在你肚子里了。放心，也不会关你太久，等这批学生毕业出去，也就把你放出来了，连句致歉的话都不说，顶多说一句："没事了，好好把丢失的大好时光补回来吧。"

好在保定陆军学校的学生都有来历，古北口兵营也不敢随便处置这四个学生，日久天长，这四个学生买通了看管牢房的大兵，一封信偷着送出去，没过多久，家里就来了人，将孩子"保"出去了。

那一天，为了什么事情，我母亲正把我关在房里和我"个别谈话"，突然吴三爷爷走到我们房里来，向我母亲禀报说，门外有个年轻人要求见侯府的大少奶奶。

"那就在花厅里看茶吧。"我们侯姓人家的亲戚多，常常有多年不来往的远亲会找上门来，或是求点救济，或是通报点什么事情，凡遇到这样的事，我母亲一定在大花厅里会见他们。

这次，我母亲以为一定又是哪户穷亲戚求助来了，待吴三爷爷说那个青年已经在大花厅里候见的时候，我母亲领着我，来到了大花厅。

这个青年倒很有礼貌，见到我母亲和我走进门来，立即站起身来，向我母亲和我施了一个立正军礼，我当然知道礼貌，立即也向他还了一个举手礼，然后我母亲坐下，只等这个青年说话了。

“我是侯萱之的同学，侯萱之再三嘱托我，一定到府上求见正院里的大少奶奶。”

“萱之不是在保定陆军学校读书了吗？”我母亲不知道外界的变化，还向这位青年反问着说。

“禀报大少奶奶，萱之出事，被投进军事监狱了。”这位青年看看屋里没有旁人，才开始向我母亲述说萱之叔叔在外面的不幸遭遇。

“啊。”我母亲暗自惊呼了一声，立即就万般着急地向这位青年问道，“是什么人陷害了萱之？”

“唉，说来话长，还是赶紧把人赎出来要紧，军事监狱可不是好待的地方，只有活着进去的，没有活着出来的，我家老人把我赎出来，是用了好几两黄金的。”

“来人呀！”立即，我母亲唤来吴三爷爷，让他关照这位年轻人去吃饭，来不及再说什么，急急忙忙，我母亲拉着我就来到了南院。

“怎么？萱之被关进了军事监狱？”老九爷正和他的二儿子莘之品茶，听过我母亲的述说，他还疑疑惑惑地向我母亲反问着说，“前几天保定陆军学校的于校长还给我写来了信，说是萱之在学校学业有成，已经被特批提前毕业，并晋升少尉军衔去古北口赴任去了，怎么才到了古北口，就被下了大狱呢？不可能，一定是他在外面勾结下了哪个孽障，合伙骗家里的钱，随便来个什么人，向我要几两黄金，莫说我没有这么多的黄金，就是有，我也不能给。”老九爷说得果断，一点商量的余地也没有。

“九爷爷。”我母亲还是和颜悦色地对老九爷说着，“萱之那孩子规规矩矩，我一不相信他会和人合谋向家里骗钱，二不相信他在外面会有不轨的行为，一定是他遭了什么人的暗算，才惹来了这一场大祸。”

“国有国法，家有家规，保定陆军学校也不会平白无故地就把人下了大狱。唉,孽障呀孽障,我望子成龙送你去了军官学校,谁想你辜负了我的一片厚望,竟然做下了违犯军规的事,虽然我爱子心切,但军法不可徇私,我也是爱莫能助,爱莫能助呀!”感叹着,老九爷若有其事地还摇着脑袋瓜子,一抽鼻子,几乎挤出眼泪儿来了。

“能助也罢,不能助也罢,萱之虽说是南院的孩子,可他更是侯姓人家的子孙,不把萱之赎回来,老祖宗面前,我也没法儿交代。”听着老九爷的话,我母亲又气又急,我看见她的双手都已经剧烈地抖起来了。在一旁看着,我就心急,娘呀,虽说萱之是咱们侯姓人家的子孙,可他老爹还没当一回事,你急的是什么呀。

看着我母亲为他们南院的事如此着急,老九爷自然也要做出姿态,立即,他把茶盅放下,煞有介事地拧了拧眉头,似是在想什么办法。

“大嫂,这件事情着急不得,也要容父亲慢慢地想办法,萱之是我的亲哥哥,我也自会赴汤蹈火把哥哥救出来的。”正在一旁陪他老爹喝茶的莘之也拿腔作调地帮他老爹说着。

也许，莘之是想向我母亲表示他对萱之哥哥的一片兄弟感情，只是我母亲正想找个碴儿显示显示大少奶奶的威风，于是脸色一沉，向着莘之，我母亲就说起了话来："小小年纪，这里是你说话的地方吗？莫以为天下人都是傻子，我倒要问问，萱之在天津好好地上着学，是谁出的主意就送他进了什么行伍的学校。如今萱之在外面遭人暗害，你还说什么慢慢想办法，那兵营里的监狱，是好待的地方吗？告诉你，倘若萱之出了一点差错，我就拿你问罪。"说罢，我母亲拉着我，在陪房丫头的搀扶下，愤愤地走出南院来了。

老九爷虽说是我母亲的叔公公，但我母亲代表我爷爷和我奶奶的权力，明着我爷爷我奶奶是侯家大院里的老祖宗，其实侯家大院的实权掌握在我母亲的手里，我母亲脸色一沉，整个侯家大院没有一个人敢喘气，只这一点，我就特羡慕，一个人活到这个份儿上，也就算够顺气儿的了。

看见我母亲发了脾气，老九爷立即慌忙地追了出来："大少奶奶，你千万别和他一般见识，送萱之去保定陆军学校,那也是为了他的前程。如今他遭人暗算,我一定想办法把他赎回来。”央求过我母亲,老九爷又回过头去向他的儿子莘之骂道:“混账东西,还不向大嫂道歉,说你自己放肆,请大嫂原谅。”

立即,莘之也追了上来,连连地向我母亲承认错误,还央求我母亲不要生气,为了讨好我母亲,莘之叔叔还跑回房去拿出一本画册,紧紧地塞在我手里,更哄着我说:“小弟,你看,叔叔时时想着你,快拿去看吧。有趣儿着呢。”

老实说,看见印刷得如此精美的画册,我心里也是喜爱得不得了,可是为了表示我的品位,眼皮儿也不抬,我就把那本画册推开了:“我不读这些东西,我读名著。”诸位先生,你们就瞧瞧,那一年我可是只有八岁。

……

在我母亲的督办之下,老九爷再不敢怠慢,立即派他的得宠儿子侯莘之去北京找到齐燮元,再拿着齐燮元的命令,这才来到古北口,将萱之叔叔赎了出来。就这样,据老九爷说,还花了四根条子,也就是用了四两黄金。

萱之叔叔回到侯家大院之后，依然住在我们正院，终日闷在他的房里，和谁也少来往，就连我的六叔萌之到他房里去，他都不和我六叔萌之多说话。再至于对待他们南院的人，萱之叔叔就更不和他们说话了。

在萱之叔叔回来的那天晚上，我爷爷在我们正院设下宴席，为他压惊洗尘，特别邀请我和六叔作陪。席间萱之叔叔也是不多说话，我爷爷自然劝说了他许多话，并鼓励他振作起来。为此我还给他唱了一首鼓劲的歌："今日里别故乡，横渡过太平洋，肩膀上责任重，手掌里事业强。"我唱得正高兴，六叔萌之从桌子下面拉了我一下，抬起头来，正看见萱之叔叔已经是热泪盈眶了。唉，我的好叔叔们呀，世上哪里有这么多的伤心事，傻活着算了，我不就很好吗？

萱之叔叔回到侯家大院，人人都担心老九爷容不下他的儿子，还要挤对他出去。幸好，就是在萱之叔叔回来不到一个月的时间，外面来人将老九爷请出去了。

“我已经这样一大把年纪，你们怎么就不让我在家里过安静日子呢？”

专程到天津请老九爷出山的，就是那个保定陆军学校的校长于天亮，就是将萱之叔叔送到古北口兵营的那个兵痞，如今世事多变，华北时局紧张，他离开保定陆军学校，一个人拉杆子立山头，想借日本军方的力量占山为王了。当然，凭他一介武夫，想在华北占上一个山头，并非就那么容易，于是他专程来到天津，请老九爷出山给他造声势。只是如今的老九爷已经不是昔日的老九爷了，昔日的老九爷，给个虚名他就去，至少不至于待在家里看着“家贼”生气，如今小凤已经把老九爷拴住了，你就是请老九爷出去登基坐天下，他也舍不得离开侯家大院了。

“国难当头呀！”于天亮央求着对老九爷说，“日本占领东北已经多年，如今更暗中打着华北的算盘，各路英豪都想趁机出来收拾局面，那个虎落平阳的吴佩孚，于当今一筹莫展的时候还扬言‘吾有办法’。什么‘吾’有办法呀？那就是说他吴某人有办法。他有办法，我们就不能有办法吗？侯将军，天下就是这么一小块地方，先下手的为强，后来的，可就没有香饽饽吃了。”

“我已经解甲归田、颐养天年了，无论谁当上华北虎，我都给他念阿弥陀佛。不行，说什么我也是不出去了。”老九爷坚定地回答说。

于天亮原来是老九爷的老部下，他当然知道老九爷的脾气秉性，早以先只要有身老虎皮，老九爷就颠颠儿地跟着走了，今天还是那位老九爷，说好请他出山任要职的，他怎么就舍不得离开这个侯家大院呢？当过兵的人，智商自然要比平常人高一些，暗中一算，他明白了，如今的老九爷金屋藏娇，一定被什么可意的人儿勾住了魂儿，所以才置民众水火于不顾，他宁要美人，不要江山了。

“学生自然知道侯大人年事已高，随军任职有许多不便，无论我们给侯大人派多少勤务兵，也怕有侍候不周的地方，侯大人家里有称心的人，只要带在身边，学生一定特别优待。”话说明了，有什么离不开的人儿，老九爷你就带着一起去吧。

“我身边有什么人？”老九爷一本正经地向他的老部下问着。老九爷乃此中人也，他怎么会中这些兵痞的毒计,把小凤带去兵营,那不是把小鱼儿往猫嘴边儿上送吗?

只是,把小凤留在家里,老九爷更不放心,他的两个儿子和小凤一般年纪,大儿子萱之如今住在正院,轻易不到南院来,就是到了南院,也不和小凤说话。至于他的二儿子苹之,就让人信不过了,侯苹之游手好闲,终日守在家里,平时老九爷就总觉得他看小凤的眼神儿不对,如今自己拔脚走了,天知道他肚子里打的什么鬼主意。家里的事情放心不下,让老九爷何以在外面救国救民呢?

于天亮摸透了侯将军的心事,若不怎么就是心腹呢?他出了一个主意,说原来老九爷创建的那个新民协会,正好给华北自治做鼓动,如今他拿出一笔钱来,放手让侯苹之出去大干一场,教化民众,维持地方安宁,也是造福一方的好事。

未经多少时间,于天亮给新民协会买了楼房,招聘了文书、干事,清一色的漂亮妞儿,给侯苹之高薪聘任的秘书,是正在天津走红的歌女,艺名叫"小凉粉儿",出任新民协会秘书之后,更名为梁芬儿。一切准备停当,请来报社记者,召开新闻发布会,那年月不兴有偿新闻,只是会后请各位记者赴宴致谢,酒席上有花界女子奉酒,且每人送车马费大洋八元。如是,第二天早晨天津各家报纸一齐登出消息:“将门虎子,赴汤蹈火先天下;儒家后裔,兴拜立国后来人。”果然侯荦之不负众望,自他上任以来,该先天下的,他是当仁不让;该后来人的,他还真是青出于蓝。

新民协会副会长侯荦之走马上任,吃住在外,新民协会办公楼又是侯荦之的私人公馆,侯荦之再也不回家了。侯将军,走吧。你还有什么放心不下的事情呢?

整整在天津磨了半个月,最后还是齐燮元说了话:“出山吧,和老弟兄们一起收拾天下吧。”如此我们的老九爷才离家和于天亮一起去古北口了;老九奶奶看见老九爷把小凤留在了家里,自然也就放心地放他走了。老九奶奶知道,过不了多少时间,只等老九爷把外面的事情操持得有了一点头绪,他一定会回来的,家里还有拴魂的人儿呢。

老九爷走了,萱之叔叔才有了安静的日子。

4

什么事情也休想瞒过我母亲的眼睛。

那还是我小时候的事了。一天,在南院,我狠狠地踢了老九奶奶的小猫一脚,回到正院来,一看我母亲的眼神儿,我就知道坏了。立即,我把踢过小猫的那只脚藏在另一只脚后面,忙着对母亲解释说:“那小猫抓我。”你猜我母亲说什么?我母亲看了看我,立即就告诫我说:“那你也不应该踢它。”从那之后,我才相信世上真有人料事如神,哪怕只是一闪而过的念头,你也休想瞒过她。

六叔萌之自以为高明,可是一天我母亲把他留在房里谈话,立马,他就选择坦白从宽之路,一五一十把他在学校的事情全交代了。

那时候, 六叔萌之已经是南开大学的学生了,一个星期回一次家，回家之后，头一件事，就是到我母亲房里问安，也没有什么礼节，就是说一声："大嫂，我回来了。"然后就拉着我到他房里玩去了。

也不怎么我母亲就看出问题来了，那一天晚上，我母亲把六叔萌之唤到我们房里，才坐下，我母亲便对六叔萌之说道："天下兴亡匹夫有责，大嫂知道萌之是一个有为的青年，但如今独夫当道，世事黑暗，我们也只能想着来日方长，万不可逞一时书生意气，说过激的话，更不可做过激的事情……"

"大嫂，你放心，我在外面什么事情也没跟着掺乎。"六叔萌之是个机灵人，我母亲才一说话，他就猜中我母亲今天想对他说什么事情了。

"那就好，年轻人报效国家、服务社会的日子在后边呢。大嫂也早就想过了，一旦时局有了什么变动，大嫂绝对不会阻拦你，让你和学校一起南迁，大嫂连日后你需要的钱都为你准备好了。父母面前，我一定要去进言，绝不能让一个铁血青年留在日本人的铁蹄下面。"

"大嫂！"听我母亲说到这里，六叔萌之一时激动，竟然伏在桌上抽抽噎噎地哭起来了，我母亲见他如此伤心，又忙着安抚他，倒把在一旁看着的我，弄了个莫名其妙。

尽管六叔萌之再三地向我母亲表白他在外面什么事情也不掺乎，但我母亲还是不放心，每天她都派我们的吴三爷爷到外面去，请他暗中查看大街上抗日游行的人群中有没有我们的六叔萌之。这一阵天津市面上太乱，每天都有工商市民学生上街游行示威，强烈要求抗日，反对“华北独立”的阴谋。

什么华北独立？独立个屁，就是暗中将华北大片国土拱手让给日本帝国主义势力，汉奸、卖国贼！这都是我六叔萌之说的。

我母亲大门不出二门不迈，那时候没有电视，我们家也没有电匣子(收音机)，更没有互联网，她怎么就对“外面”的事情知道得这样详细呢？没有什么秘密，我们家订着许多份日报、晚报。北京的、天津的，远至上海的，少说也订着七八种。侯家大院里有谁如何关心国家大事？没有人，侯家大院没有人关心天下兴亡，侯家大院订报，只看报上的连载小说。什么连载小说如此吸引人？武侠呗，别的小说能如此吸引人吗？我老爸白天出去上班，下晌回家的头一件事就是看报。早在他回家之前，吴三爷爷就在院里给他放好了躺椅，躺椅旁边还放好了新冲的香茶，进得门来，他先去更衣、洗脸，然后拿着热毛巾就出来了，手里的毛巾没有放下，信手操起报纸，站在院里就看了起来。有时候已经看了好半天，他还没坐下，这时，吴三爷爷就提醒他："大先生，您先落座。"立马我老爸就摇着手小声地对吴三爷爷说："别闹，这次俞剑平（武侠小说《十二金钱镖》中人物）逃不过这一关，崴了。唉，英雄一世呀。"叹息一声，惺惺惜惺惺，英雄爱英雄，我老爸的眼泪儿都快涌出来了。

我老爸看报，我母亲也看报，我母亲看报负有新闻检查的责任。她有什么权利检查新闻？我母亲没有权利，但家里订了这许多报纸，哪些报纸可以让孩子们看，又有哪些不能让孩子们看，我母亲就义不容辞了。所以，白天我老爸上班去了，六叔萌之上学去了，一份一份报纸送到家来，我母亲一一地都要过目，有的报纸放在外面，这都是允许孩子们看的，还有几份报纸收在抽屉里，那是只留给我老爸看的。除此之外，母亲还要让收拾房间的人把他们收拾出来的报纸拿给她看，母亲更是怕谁把什么犯禁的东西带回到了家里。

我母亲一番苦心，为我们筑起了一道精神壁垒，使外界的污浊基本上没有渗透到我们家来，但就是这样，母亲也有疏忽的时候，终于一天，我母亲在六叔萌之的房里发现了激进的报纸，等到黄昏六叔萌之回来，我母亲把他唤到了她的房里。

“我早就说过的，学生应该潜心读书，天下大事，自可关心，但如今的世道险恶，我们避还怕避不开，何以我们还要自寻烦恼呢？”说着，我母亲拿出了一份报纸——《时报》，劝说我们的六叔萌之不应该订阅这类过于激进的报纸。

“大嫂，这不是我订的报纸，是我从萱之房里拿来的。”六叔萌之向我母亲解释着说。

“那你更应该劝告他不要看这类的报纸，我听说连卖报的小孩都是偷着卖这类报纸的，常常有人因为买了《时报》，无缘无故地就在街上遭人毒打……”

“黑暗！”不等我母亲把话说完，六叔萌之就愤愤地骂了起来，“只许他们卖国，不许百姓说话。就因为《时报》鼓吹抗日，揭发了那些搞华北独立的汉奸们的可耻行径，才时时受到威胁，不光是日本特务们时时刻刻去报社捣乱，那些搞华北独立的卖国军人，也把《时报》视为眼中钉。我就对萱之说，不要怕他们，你只管理直气壮地在那里做事……”

“你说什么？”立即，我母亲打断了六叔萌之的话，万般着急地向六叔萌之问着。

“啊？”六叔萌之发现自己说走了嘴，慌忙捂住嘴巴，但已经来不及了，萱之嘱咐他万万不可让我母亲知道的事情，被他说出来了。

“不行，立即把萱之唤来，家里没有人逼着他出去做事，大好年华，正应该好好读书，莽莽撞撞地去那种地方做什么？也是我的疏忽了，只看他每天匆匆忙忙地出去，也没问他到外面去做什么？我想，二十岁的人了，总不能闷在家里，也许想谋个差事，可是谁想到他竟到那家惹祸的报社做事去了。不行，一定要劝他辞掉这份职位，给多少钱也不能去的。你现在就将他唤回来，请吴三爷爷派个车，去报馆把萱之唤回来，就说我有要紧的事情和他说。”我母亲慌慌张张地说着，目光里充满紧张神色，就好像立即就会发生什么可怕事情似的。

然而，不幸终被我母亲所言中，萱之叔叔真的遇到了不幸。

……

吴三爷爷跟上胶皮车，一路飞跑赶到了地处河东的《时报》报社，只是来晚了，《时报》早被“愤怒”的市民包围得水泄不通了。吴三爷爷自然会办事，他没有愣往人圈里闯，把胶皮车停在远处，他先一个人靠近到黑压压的民众背后，想打听清楚到底发生了什么事。

只是，还没容吴三爷爷靠近人群，早有一个持枪的大兵走上前来，大枪一横，就把吴三爷爷挡住了。

“副官辛苦。”吴三爷爷立即向持枪的大兵施了一个大礼，立即就把随身带着的一个小纸包塞进了大兵的手里。

“躲远点，这儿没有什么好看的。”到底是这个小纸包管用，持枪的大兵立即就和气了下来，还怪知心地对吴三爷爷说着。

“副官，这儿出什么事了？”吴三爷爷靠着那个小纸包的效力，还向大兵问着。

“没看见吗？这家报社把百姓惹怒了。”大兵回答着吴三爷爷说。

“哟，这家报馆骂老百姓是主人翁了？”吴三爷爷装作惊讶地还是问着。

“哎呀，这老头子，劝你快走吧，这儿要出事了。侯将军的命令，我们连夜从古北口赶到天津，保护民众……”

“小王八蛋们，你们出来！”大兵的话还没有说完，人圈里就传出来了粗野的喊声，吴三爷爷明白了，这是军界怂恿“民众”来这里闹事。说是民众，吴三爷爷往里面一看，全都是些虎背熊腰的青皮混混儿、地痞、靠胳膊根儿吃饭的。今天这些人又被收买跑到《时报》报社闹事来了。他们一个个光着膀子，手里拿着砖头、挥着木棒，只等一声令下，立即就动手砸报社、打人。这些人压根儿不看报，天知道报社怎么就把这样的一些人惹怒了，来者不善、善者不来，看得出来，今天这伙人不制造点儿事端是不会罢休的，而且，他们更得到了军人的保护，连驻扎在古北口的军队都赶到天津“支持”他们闹事来了。

稳住心神，吴三爷爷再向里面看去，这一下，吴三爷爷看得更明白了，包围报社的人群，打着新民协会的旗子，一面横标，贴着“拥护华北自治”六个大字。拥护华北“自治”包围《时报》报社干什么？《时报》是反对华北“自治”的急先锋，今天拥护“自治”的人们打上门来了，看不把你报社砸烂才怪。

“哗！”的一声，一块砖头飞起来，将报社大门上的玻璃砸碎了，呼啦啦人们一拥而上，只听见一阵哗哗的声响，没有多少时间，报社的大门，已经被人们砸开了。

“副官从古北口赶到天津一路辛苦，小的孝敬副官一点心意。”看着报社门外乱哄哄的样子，吴三爷爷忙着又把一张钞票塞到大兵的手里。

持枪的大兵看了看吴三爷爷塞到他手里的钞票，只吓得向后退了一步，唯恐被人发现，他立即把那张钞票塞进了口袋,匆匆地一摆手,凑到吴三爷爷身边,小声对吴三爷爷说道:“赶快离开这儿,我可是帮不了你的忙,你没看见吗,今天这家报社就算完了,侯将军亲自给我们下的命令,保卫市民的示威自由,里面的人一个也不许放出来……”

“砸呀!”大兵的话音未落,恶汉们已经涌进了报社,只听见报社里一片哗啦哗啦的声音,想得出来,报社已经被砸得一塌糊涂。就在人们的喊叫声中,报社里面的人抱着脑袋跑了出来,每个人身后都有好几个人追赶。编报的书生,哪里是这些青皮混混儿的对手?一阵拳打脚踢,报社的人一个个全被打得头破血流,就这样,那些混星子们还踩在书生们的身上狠打,不多时间,已经有人被打得连喊叫的声音都发不出来了。

“萱之少爷!”慌乱中,吴三爷爷一声大喊,正看见我们的萱之叔叔慌忙地从报社里跑了出来,他已经被那些凶汉打得满脸是血,后面追上来的青皮一把拉住他的衣服,一使劲就把他拉倒了,随着几个凶汉踏在他的身上,狠命地踢他打他。最先吴三爷爷还听见萱之似是喊了一声,再一阵混乱,就再也听不见萱之叔叔的喊叫声了。

顾不得危险，吴三爷爷跳起来就往人圈里冲，那个持枪的大兵没有准备，一下子就被吴三爷爷撞倒了，吴三爷爷管也不管那个被他撞倒的大兵，向着那几个围打萱之叔叔的恶汉们冲了过去："住手，这是我们侯姓人家的少爷，你们哪个敢伤他一根毫毛，我打断你一条腿！"吴三爷爷一拳打在一个恶汉的背上，果然这几个恶汉被吴三爷爷的喊声吓呆了，他们一个个呆呆地望着吴三爷爷，再不敢动手打人了。

"老混账！"冷不防，吴三爷爷被背后的一个人踢倒了，吴三爷爷爬起身来正要向这个无赖发威，抬头一看，吴三爷爷也被他看到的景象吓呆了。

从背后把吴三爷爷踢倒的这个无赖，不是外人，正是南院的二少爷、老九爷的二儿子、萱之叔叔的弟弟——侯莘之。

"莘之少爷，"吴三爷爷不问莘之为什么从背后将他踢倒，反一把拉住侯莘之的衣服，万般着急地向他喊着，"莘之少爷，萱之少爷被他们打伤了。"

"滚！"谁料，这个孽障侯莘之一点也不顾什么亲情，明知道那几个恶汉踩在脚下狠打的就是他的哥哥，他竟然恶凶凶地冲着赶来救他哥哥的吴三爷爷骂了起来。

"莘之少爷，萱之少爷是你的亲哥哥呀！"吴三爷爷还是拉着侯莘之的衣服不放，万般着急地向他喊着。

"打的就是他！"狠狠用力一推，吴三爷爷被侯莘之推倒在了地上。

吴三爷爷强挣扎着要爬起身来，这时，就听见侯莘之向围打萱之叔叔的几个恶汉大声地喊叫着："你们还愣着干什么，白拿了打人的钱？给我打！"

"打！"那几个恶汉齐声一起喊叫，立即就踏在萱之叔叔的身上，狠狠地向萱之叔叔踢了过去。

吴三爷爷好不容易爬起身来，更使出全身的力气往围打萱之叔叔的人圈里冲，只是，吴三爷爷身单力薄，无论他如何挣扎，被人们踩在脚下的萱之叔叔就在几步之遥，吴三爷爷伸过胳膊，也还是没有能够把萱之叔叔救出来。

"莘之少爷。"无能为力，吴三爷爷回过身来，又拉住了侯莘之，扑通一声，吴三爷爷跪在了侯莘之的面前,“莘之少爷,老奴才给你下跪,央求少爷了,高抬贵手,你就放咱们萱之少爷回家吧,你们是手足兄弟,伤在他的身,疼在你的心,莘之少爷,华北独立,你们是亲兄弟,华北不独立,你们还是亲兄弟呀!”

“滚!”不听吴三爷爷的央求,侯莘之一脚狠狠地踢在吴三爷爷的身上,吴三爷爷已经年过六旬,一下,就被侯莘之踢倒了。

……

尾声

当吴三爷爷把萱之叔叔抢救回到家里的时候,他已经是遍体鳞伤、不省人事了,来不及询问萱之叔叔被人打伤的经过,为了防备再遭人暗害,我母亲立即吩咐吴三爷爷把萱之叔叔送到英租界的医院治疗去了。正好我爷爷供职的美孚油行就在英租界,匆匆向行里请了假,我爷爷立即赶到医院看望我们的萱之叔叔去了。

晚上我爷爷回到家里, 先告诉我母亲说萱之已经得到了很好的看护,人也苏醒过来了,就是不能说话,我爷爷去看他的时候,他只是远远地看着我爷爷哭,也哭不出声音,看着真是可怜。立即,我母亲又派六叔萌之去医院陪伴萱之叔叔, 还吩咐我们的六叔萌之,千万别再和他讲什么救国救民的事,只让他安心养伤。

六叔萌之从医院回来,向我爷爷和我母亲禀告说,萱之叔叔身上的伤处已经都包扎好了，医生说倒没有太重的内伤,只要好好养些日子也就是了。这样,我爷爷和我母亲才放心下来，感天谢地只说还是侯姓人家祖上留下的阴德,才保佑得孩子闯过了这场大祸。

六叔萌之述说过萱之的病情之后,把一张还没有付印的报纸小样拿给了我爷爷和我母亲，六叔萌之说,这是萱之叔叔在病床上交给他的,就为了这张报纸,华北军才派下人来,鼓噪着一群青皮混混儿砸了报社,这张没有送到工厂去的报纸,没有印出来,如此,事态才平息了下来。

展开这张油渍斑斑的报纸,赫然两行标题印在了报纸的头版上面,这条标题印着:“曲线卖国,国人皆曰当诛;天机泄露,狐狸尾巴难藏”,标题下面是新闻内容,也没有多少文字,就是几个暗中和日本军方势力勾结的中国军界要人的名单，第一名是于天亮,第二名是齐燮元,这两个人的名字,我知道,但没有见过,下面第三个人我认识,就是我们的老九爷,侯介仁将军。

不知道是因为家里出了事，还是华北独立的阴谋败露，突然一天晚上老九爷灰溜溜地回来了，进了家里，正院里看看，南院里看看，一句话没说，立在他们南院里就破口大骂："家贼！家贼们呀。眼看着侯姓人家就败在你们几个孽障的手里了。"

我爷爷听老九爷骂人，心里就不高兴，他一气来到南院，也是立在院里，向他的弟弟就说了句话："九弟，你就住口吧。国贼还逍遥法外呢，你骂的什么家贼？"

我爷爷平平静静的一句话，老九爷再也不出声了。我爷爷说的国贼是谁，我们不得而知，但说到家贼，倒真让老九爷动心了，就是在老九爷回来的前一天，他的二儿子，侯莘之，带上小凤失踪了。

后来有人问到老九奶奶，他两个人是一起跑的，还是单个一个一个跑的？老九奶奶回答不上来，只咬着瘪瘪嘴连声地骂着："家贼，家贼，都是家贼！"

老九奶奶骂得正狠，隔壁房里一声啼哭，"小多啦"睡醒过来，又是一个小家贼，哭着喊着地要奶吃了！

遛笼——府佑大街纪事

关于府佑大街的事,已经在几家杂志上发表过一些篇章了。但那只是一个开头,后面的故事还多着呢,可能一个比一个精彩,也可能一个比一个没劲。

只是这里要做一个交代,老朽我没完没了地写得没头没尾的这条府佑大街,到底是个什么地方呢?没有什么秘密,老天津卫的这条府佑大街,就是我们侯姓人家所在的地方。那么,为什么这条大街就叫作府佑大街了呢?因为据我所知,这条大街的中央有一所大院子,这所大院子原来是直隶总督的总督府,所以总督府左边的大街叫府佐大街,而总督府右边的这条大街,就叫作是府佑大街了。可是在“文革”那阵子,据革命群众于内查外调之后回来说,这条大街所以叫作府佑大街,就是因为在这条大街的中间,有我们侯姓人家的一处大宅院。那时候我们侯姓人家是天津卫的一霸，于是人们就把我们老侯家右边的这条大街,叫作府佑大街。

说起来这才是冤枉人,我们老侯家哪里有这么大的势派？自打祖辈以来,我们老侯家就没出过一个栋梁:每一辈上都是只有一个人出去做事,而其余的人就全坐在家里吃,那才真是吃饭的人比做事的人要多多了。而且最最令人费解的是,侯姓人家里还总是吃饭的人比做事的人能惹事。做事的人每天忙忙碌碌,没有时间惹是生非,而坐在家里吃饭的人,却没有一个人老老实实地在家里吃饭——吃饱了饭,他们就出去惹事;惹出一场事来,我爷爷就要出一笔钱为他们“了”事,弄得家里没有一天太平日月。这里要说的这位老九爷,就是我们老侯家惹事的爷们儿当中最不惹事的一个老实人。写小说和琢磨人一样,总要先拣老实的捏,这样,我就先从老九爷写起了。

诸位看官,听了:

1

老九爷叫什么名字？无关紧要，只是有一个前提，这位老九爷姓侯。我爷爷在他们那辈上排行第三，街面的人叫我爷爷是侯三爷；老九爷是我爷爷的九弟，街面上的人叫他是侯九爷。不过，他们可不是亲兄弟，是堂叔伯：我爷爷的父亲，和老九爷的父亲是亲兄弟。那时候大家全在一起过，到了第五辈上还不分家呢，若不，怎么就养懒虫呢？

我爷爷对他的几个弟弟，最满意的就是这位老九爷了。因为老九爷人老实，不赌、不嫖、不抽，只凭这三点，过去那年头就能评个模范呀什么的。其实那年头家里的规矩最严，一行一动都要受长辈的监督，而且长辈们还时时地给你讲仁义道德，会写字的还每天逼着你写道德文章，不听话的，还有家法。我们家的家法是一根花梨木的戒尺:二尺长,二寸厚。据说打一下,就能把人的手掌打得出血,最厉害的打到第三下,这个人就被打得昏过去了。我们老侯家的人上上下下全都怕这个家法,所以谁无论做什么事,都不让老爷子们知道。

当然,我们老九爷是侯家大院里唯一一个没有受过“家法”的人,因为他除了不肯读书之外,几乎没有任何缺点。据说他的天资不错,可就是不肯上学,不肯读古书,也不肯读新学。他写的那些狗屁文章,当时连个发表的地方都找不着。好在侯家大院里的男子从来不比学问,这就和大观园的贾老太太说的那样,我们家的孩子好歹认几个字就行了。这话说得极有道理,我就是因为认的字太多了,后来才惹出了那么多的事。我若是也学老九爷的样子,光玩鸟儿,光玩鸟笼,也不至于就落到那样的下场。

而我们的老九爷就只知道玩鸟儿、玩鸟笼,他连北伐革命是什么时候成功的都不知道。有一年也不知是为了什么事,街面上通知要挂国旗,正好这一天我爷爷不在家,我爷爷的几个弟弟——也就是老九爷的几个哥哥也都出去了。这一下可急坏了我们的老九爷。他回到院里东翻西找,找出来了好几面旗子,有龙旗,有红黄蓝白黑的五色旗,还有这个旗那个旗,那年头中国的旗子也多,老九爷看了半天也不知道应该挂哪面旗,最后,灵机一动,想出了一个办法:他就跑到了街上,想看看人家都挂的是什么旗,然后好回来再把应该挂的旗子挂出去。只是就在我们老九爷跑到街上看旗子的时候,区公所检查挂旗的巡察过来了。区公所的巡察见我们家还没有把旗子挂出来,当即就发落下来说:“罚款大洋五十元。”对这事,我们老九爷倒不十分在意,他说这若是赶在皇上的年代,少说也要锁到官府去打屁股的。

这样,就说到我们老九爷玩鸟儿、玩鸟笼的事了。

老九爷玩鸟儿,平平之辈;老九爷玩鸟笼,举世无双——玩到最后,老九爷每天把他的空鸟笼挂在树枝上,而他自己却坐在树下目不转睛地望着,那已经是天津城的一大景观了。

这样,就会有人出来说话了:养鸟儿的雅士们把他们的鸟笼子挂在树枝上,那是因为那笼子里养着鸟儿；而你们家的老九爷却把一只空鸟笼挂在树枝上，也未免太不合情理了吧？

这里，不养鸟儿的诸位贤达就不知此中端倪的了。

好鸟儿，历来要有好笼，没有好笼，再好的鸟儿，也是没有身价。好马要配鞍、好人要配穿，就是这个道理。为什么大款要坐“奥迪”？而我等骑自行车的人想进一个什么机关，人家门卫就把咱拦下；有分教，这叫看包装。

那么鸟笼呢？那自然就是鸟儿的包装了。所以爱鸟儿的人，全都要在鸟笼上花钱，而且谁花的钱多，谁的品位就高。这就和今天谁坐的汽车越高级，谁的身价就越高一样。

当然，也有些鸟儿是不放在笼子里的，我小时候养过一种叫作“虎不拉”的鸟儿，这种鸟儿就不放在笼子里。这种鸟儿个儿大，和孵出窝一个月的鸽子一般大，而且这种鸟儿的性子野，犯起性，比我们小哥儿的脾气还大，你说能把它放在笼子里吗？除非是把它放在养老虎的笼子里，此外无论什么笼子都会被它撞破的。

这样野性的鸟儿，养它做甚？好玩呀！这种鸟儿会“打弹”，你把它架在一根棍儿上，没有木棍，你就找一根树枝也行，好在这种鸟儿知道自己品位低，所以对于吃住条件历来不挑三拣四，有个地方立着，它就知足了。自然，无论是把它放在什么棍棍上吧，你可是一定要把它的一只爪子用细链儿系牢，只要你稍不留心，它就会自由飞翔去了，到那时你就是哭烂了一双眼睛，它也是不会回来的，它对你一点感情也没有。因为它对我们没有感情，我们对它也就没有感情，我们只叫它是“臭虎不拉”。

“臭虎不拉”一身黑毛，叫起来又只是一声“啊——”，没腔没调，听着和乌鸦叫一样。遛鸟儿的地方，人家养鸟儿的雅士们根本不让我们进。就在我们家老宅附近，有一片小树林，每天到了黄昏的时候，四方养鸟儿的老少爷们儿都各自带着自家的鸟儿，到这里来遛。遛过之后，还要把鸟笼子挂在树枝上，一面自己找个伴儿下棋说话，一面听鸟儿叫，那才是自得其乐呢。这时，偏偏也正是我们小哥儿们下学的时候，回到家里做完功课，也正是出来遛我们“臭虎不拉”的时候。那些养鸟儿的雅士们一看见我们过来了,立即就远远地挥着手向我们喊叫,要把我们撵走;自然,其中也有人知道我们家的底细,便劝说那些养鸟儿的雅士们说话要注意影响。于是就有人出来远远地把我们几个小哥儿迎住,笑容可掬地对我们说:"几位小哥儿养的鸟儿多俊呀,它会打弹,是不?那可要找一处宽敞的地方去打,小树林里飞不开,弄不好,会把鸟儿挂伤的。"当然,我们小哥儿也不是不讲理的无赖,经人家一说,我们也就知道自己应该到什么地方遛"臭虎不拉"去了。

说起"臭虎不拉"的打弹,那才叫壮观呢!调教好的"臭虎不拉"不拴着也不会飞跑了。打弹时,你把一只用泥烧成的小弹子高高地抛向天空, 然后再把架"臭虎不拉"的小棍棍一抖,立即,那棍棍上的"臭虎不拉" 就腾空飞了起来——只见它在空中打一个跟斗,然后闪电一般地飞去把那只弹子衔在嘴里,接着它更是得意地又翻了一个跟斗,随之就落下来,又站在了那根木棍上。

我小时养的一只"臭虎不拉",最出色的表演是一次能衔住三只弹子。那也就是说,我一次把三只弹子抛到空中,然后再放飞出去"臭虎不拉",它一个跟头翻起来,一只、一只、再一只,居然在半空中把三只弹子全衔在了嘴里,然后,才落下来,站到木棍上。你就说说它是多大的本事吧。

这样,最后就说到我们老九爷遛笼的事上来了,老九爷为什么遛笼?因为他的鸟笼好。为什么老九爷只遛笼,而笼里却没有鸟儿?因为老九爷说,世上没有鸟儿配在他的鸟笼里住。难道连"臭虎不拉"都不配在老九爷的鸟笼里住吗?老九爷拍拍我的头顶说:"买包糖吃去吧,孩子!"

据家里人说,老九爷一生只养过三只鸟儿,当然那已经是许多年前的事了。

老九爷养的第一只鸟儿叫翡翠,学名叫翠鸟儿。这种鸟儿全身是一色的翠绿,看着就像是一块翠玉一般;个儿不大,只有一寸稍长些。它平时不唱,只有落细雨的时候才唱,而且细雨落多长时间,就唱多长时间。那唱歌的声音,就和细雨一样醉人,直唱得让坐在窗前赏雨的人满面泪痕。我们老九爷是一个多愁善感的人,他一面赏雨,一面听他的翠鸟儿唱。那许多年还很是写下了不少的诗，其中他认为最得意的名篇，至今我还记忆犹新呢！其中有一首诗开头的两句是："瀛洲巢密珍禽小，戏而轻歌出沓渺。"天知道是什么陈词滥调。

有了这样一只珍禽，我们老九爷自然就要为他的珍禽置一件好笼子了。于是他花了五十元大洋，找专门做鸟笼的手艺人为他做了一只好鸟笼。这里要做一下交代：五十元是一个什么概念？那时候上好的面粉是两元钱一袋，那时的五十元折合成现在的钱是多少钱？我自幼算数不太好，还是诸君自己算去吧。

老九爷花这么多的钱做的鸟笼，是个什么样子呢？据见过这只鸟笼的人说，当老九爷提着他的鸟笼出去遛他的翠鸟儿的时候，满树林里遛鸟儿的人都惊呆了。人们又是看鸟儿，又是看笼，人人都说这只鸟笼比笼子里的鸟儿值钱。也有人说不光是比鸟笼里的鸟儿值钱，还比鸟笼外边的人值钱呢。好在我们老九爷的脾气好，只要你说他的鸟笼值钱就行，至于他自己值钱不值钱，他压根儿就不往心里去。

我们老九爷当年的那只鸟笼子，有分教，那叫作是细竹精雕笼。既然是细竹精雕，那首先自然是要选上等细竹了。我们老九爷的这只鸟笼，一共用了八十一根细竹。你可别以为这只鸟笼只是用八十一根细竹劈成竹签儿编成的，竹签儿再细，也是用刀子刮出来的，通身带着一股俗气。我们老九爷这件鸟笼所选的八十一根细竹，全都是长得一般细，比竹签儿还要细，光是一般的粗细还不行，而且还要长着一样的节。你想想呀，八十一根细竹编成一个鸟笼，每根细竹的节儿不一样，乱乱糟糟，那还有什么值钱的地方呢？要的是八十一根细竹都长得一样粗细，而且每根细竹都是长着四个节儿。你说呢，找到这样八十一根同样细、又长着同样竹节的细竹，该是要用多少工夫吧。

外国人一听，立即就要向中国人致敬了，真了不起呀，你们居然能在我们这个小小的星球上找到八十一根完全相同的细竹，我们真是比不了呀。知道你们和我们比不了，这就算是对了。八十一根细竹，同样的粗细，每一根细竹上都要在同一个地方长出一个节儿来，而且每一根细竹全都是长着四个节儿，找去吧，只怕你找遍全美国，也找不出来。而我们就找出来了，你不致敬行吗？

找出八十一根同样粗细，又是同样形状的细竹来，有什么用呢？编鸟笼子呀！编成鸟笼之后有什么用呢？养鸟儿呀！养着鸟儿又有什么用呢？管得着吗？养鸟儿就是了吗。养鸟儿若是有用，中国爷儿们也就不养了——凡是有用的，咱们爷们儿全不干，专门干那些一点用处也没有的事，还要比着看谁干得拔尖儿，这叫能耐。

有了一只无价之宝的珍禽翡翠鸟，又有了一件价值连城的细竹精雕鸟笼，那一年我们老九爷在天津养鸟儿的爷们儿中间，可是出了大风头了。每天到家里来看鸟儿的人们络绎不绝，每天到家里来看鸟笼的人，更是不计其数。尤其是到了下细雨的日子，老九爷的家里就更是高朋满座了。客人们和老九爷一起坐在窗前，一面赏雨，一面赏笼，还一面听翡翠鸟儿的叫声，并且一起赏雨听鸣掉眼泪儿——那才真是一幅《众雅士细雨听鸣图》呢！如果那时候能拍下一张照片来，留到今天，也一定是很有历史文化价值的了。

老九爷的翡翠鸟儿，只养到第二年，就死在了老九爷那只细竹精雕的鸟笼子里了。为什么呢？嗐，你们就别问了，直到多少年后，只要一说起这件事来，老九爷就会泪流满面地一个字也说不出来。这时也就是只能由老九奶奶代替老九爷向你述说事情的原委经过了。绝对不是老九爷对这只鸟儿照应不周，是因为这只翡翠鸟儿发情了。渐渐地，老九爷发现他的翡翠鸟儿羽毛的颜色变了，翠绿的羽毛透出了一丝红色。再到后来，连叫声也变了，而且这只翡翠鸟儿变得在笼子里烦躁不安。这时老九爷知道这只鸟儿发情了，应该给它找个伴儿了。不过呢，老九爷以他多年玩鸟儿的经验，知道这鸟儿发情绝不像猫儿狗儿发情那样，不把它们放出去，它们就会在房里院里发疯。鸟儿性情温驯，它虽然也会按时发情，但是你不理它，它也就拉倒了。鸟儿这类生命，类似于后来的新新人类，他们只注重自己的生活质量，对于留不留后辈，并不十分在意。只是老九爷也是太固执己见了，他不知道世上还有一种翡翠鸟儿，把情感生活看得很重，它们不光欣赏自身的美丽，它们还要把自身的美丽献给另一个更美丽的同类。

就在我们老九爷为他的翡翠鸟儿发情而不知所措的时候，忽然一天早晨，老九奶奶就听见院里老九爷一声喊叫，急匆匆跑出门来一看，只见我们老九爷不知为什么，竟然瘫坐在地上了。老九奶奶忙过去搀扶，这时，我们的老九爷已是面色苍白，双手发抖地说不出话来了。我们老九奶奶知道丈夫的脾气秉性，除了鸟儿，他没有着急的事，立即转过身去，老九奶奶往房檐下一看，果然是鸟儿出事了，那只翡翠鸟儿躺在笼子里——死了。

听说南院里老九爷瘫在了他家的院里，满族满家的人都一起跑过来探视，走在最前面的是我爷爷。前面说过，我爷爷在他们兄弟中排行第三，是老九爷的哥哥，老九爷谁的话也不听，还就只听我爷爷一个人说的话。老九爷一看见我爷爷过来了，立即冲着我爷爷就哭出了声来："三哥，死了！"

老九爷的胡言乱语，把老九奶奶吓坏了，她忙过来向我爷爷解释，好在我爷爷听他弟弟说胡话已经习惯了，也就不和他计较。这时，我爷爷就数落着老九爷说："好好的日月，有什么过不去的事情？不就是一只鸟儿吗？来年再买一只就是了嘛，干嘛心疼成这个样子，孩子们面前，也太不自爱了。”

经我爷爷一说，我们的老九爷才开始自爱起来。他有气无力地从地上站起来，平定了好半天，这才缓缓地向自己的房里走去，一面走着，还一面自言自语地说着：“鸟儿，是我害了你呀，我应该早一天把你放飞了才是呀！”说着，老九爷又哭了起来。

2

老九爷身染贵恙，侯家大院里的上上下下全要过来问候，就连只有八岁的小孙孙我，也单独到南院来问候了好几次呢！

只是，这里又要做一下交代：那一年老九爷五十五岁，而且又是爷爷辈的人，他得了病，怎么还要我过来问安呢？这其中有“猫腻”。我们的老九爷虽然是爷爷辈上的人，可是他平易近人，在我们面前一点爷爷架子也没有。他不像我们的那几位爷爷那样，虽然他们之间也是咬着耳朵说话，也听说他们一个个在外边做下的德行事，可是一到了我们面前，一个个就端上爷爷架子了，他们就像是孔夫子的私人全权代表一样，连个好脸子都不给我们看。而我们的老九爷就不一样，他和那些个爷爷在一起没有话说，倒是和我们在一起才有共同语言。有一次我捉到了一只大蜘蛛，老九爷要去喂了他的翡翠鸟儿，老九爷怕我不高兴，还一定要给我一支花杆的钢笔，想换我的大蜘蛛，当即我就对老九爷说："你以为我是那种小气的人吗？再说，咱哥儿们之间，怎么能连这么一点儿小事也不过呢？"说过之后，我立即就后悔了，我怕老九爷到我爷爷面前去告状，等了好些天，我爷爷也没找我谈话，我想一定是老九爷把这件事忘记了。

见到老九爷之后，我就对他说："九爷爷，你别在家里躺着了，明年开春之前，是不会有好鸟儿了，孵窝的季节已经过去了；有什么事，咱们是明年见。您还是跟我调教"臭虎不拉"去吧，我那只"臭虎不拉"已经能打四颗弹子了。"

"是吗？"一下子，老九爷来了精神，跳下床来，随着我就到树林里去了。

……

到了第二年，不光是老九爷为了寻访好鸟儿而四处奔走，就连我爷爷也在外面替他张罗。我爷爷在美孚油行做事，和同事们在一起，我爷爷就总是对人们说:“有什么珍稀的好鸟儿,你们告诉我一声,不要问是什么价钱。”后来哩,就在我爷爷为他的九弟寻鸟儿的时候,一天晚上,我爷爷得到消息说是老九爷又买到了一对好鸟儿。

我爷爷对鸟儿没兴趣,只要是老九爷有了玩物,我爷爷也就放心了。倒是我们几个小哥一得到消息之后,立即就往南院里跑,一定要看看老九爷的这对好鸟儿,比我们的“臭虎不拉”到底好多少?当然,一看,我们也就知道是怎么一回事了。老九爷的这对鸟儿,学名叫作芙蓉子规,是杜鹃鸟里面的极品,也是五百年才出一对的宝贝物件。而且据史书上记载,每逢有芙蓉子规出世,三年之后一定是太平盛世。所以,这芙蓉子规就是一个吉祥物。

芙蓉子规,状似小雀,翼长三寸,羽毛呈淡黄色,尾部间有紫色翎毛,红嘴,行动端庄,歌声隽美,全身带有一种富贵神采,一看就身价不凡。立时,就把我们这些只知世上有“臭虎不拉”者,羞得无地自容了。

老九爷自从有了这对芙蓉子规,一下子就年轻了十岁,说话的嗓门也大了,见了人远远地就打招呼,唯恐人们看不见他,自然也就看不见他手里提着的那只鸟笼,当然就更看不见他鸟笼里的那对芙蓉子规了。

对了，这次为什么老九爷一次养了两只鸟儿呢?因为他接受上一次的教训，他知道这身价金贵的鸟儿,对感情生活的要求最为迫切。所以,要么不养;要养,就养一对,免得到时候看着它们孤单的样子着急。

有了这一对芙蓉子规,我们老九爷每天一到黄昏时分就往小树林跑,他把他的这一对芙蓉子规放在他那只细竹精雕的鸟笼里，一步三摇地走进小树林,扬扬得意地再把那只笼子往树上一挂,然后再把鸟笼子的黑布幔拉起来,这时,就听见一声长长鸣啭,芙蓉子规开始唱歌了。这芙蓉子规和翡翠鸟儿不一样,翡翠鸟儿不下雨不叫，而芙蓉子规却是一见亮儿就鸣唱，而且一唱就不可收拾，不到老九爷把黑布幔拉下来，它就一直唱个没完。老九爷的芙蓉子规这一唱,满树林的鸟儿就全变哑巴了,就只由芙蓉子规唱出千曲万转,且又调正腔圆。听这歌声,果然是预言太平盛世就要降临人间了。

按道理说,老九爷有了这一对芙蓉子规,应该是别无所求了,可是没过多少日子,老九爷的脸上又浮出了愁容。他有什么愁事呢?也还是为他的鸟儿。老九爷发现,原来的那只细竹精雕鸟笼不合用了。去年做的细竹精雕鸟笼,原来是只放一只翡翠鸟儿的,如今把一对芙蓉子规放在笼里,天地自然就狭小了,眼看着两只鸟儿在笼子里彬彬有礼地互相礼让,老九爷的心里就过不去了。再给它们做一只新鸟笼吧,老实说,老九爷没有那么多的钱了。你想呀,光为了买这对芙蓉子规,老九爷就几乎把钱全用光了,如今再做一只新鸟笼,他到哪里要钱去呀?

这样,一天晚上,老九爷就到北院找我爷爷来了。我爷爷把他让到正厅里,二人一左一右地在花案两旁坐下,谁也不说话,就一起望着格扇门的花玻璃发呆。我爷爷侧着目光向老九爷望了望,这时就只见老九爷一个劲地用他的白绢子拭着额上的汗珠儿。每到这时,我爷爷就知道老九爷一定是有了说不出口的难事了,于是就先开口对老九爷说着:“兄弟之间,千万不要难为情了,除了鸟儿的事我办不到之外,别的事,也许我还能帮帮忙。”

有了我爷爷的话，老九爷这才有了勇气，他舒出了一口长气，平定了一下心情，这才开始对我爷爷说道："按说呢，是不好意思了，哥哥对我这样好，我怎么还能得寸进尺呢？"

"你别是要用点儿钱吧？"我爷爷是个精明人，他一听老九爷的话，就猜中他准是缺钱用了。

老九爷听我爷爷先说到了钱的事，这才开始说到正题上来："好比说吧，就是鸟儿，不是也要有一个窝吗？"

"不必说了。"我爷爷一听老九爷说的话，立即就联想到老九爷现在住的那处南院老房子了。这许多年，老九爷不出去做事，别的爷们早就买了新房，只有老九爷还住着那套老房子，说起来，兄弟们也是脸上无光。

"你是想修旧的呢？还是要买新的？"我爷爷当即向老九爷问道。

"当然是买新的了。"老九爷不假思索地回答我爷爷说。

"好吧，用多少钱，你说吧。"对于弟弟们的要求，我爷爷历来是有求必应的,何况这又是正事,怎么能让弟弟总在老宅院里住着呢? 这样,我爷爷就给了老九爷一笔钱,让他买房去了。

大约过了一个多月的时光,我爷爷估摸着老九爷的新房应该买到手了,一天,我爷爷就来到南院,想让他的九弟带他去看看他新买的房子,老九爷一听我爷爷说要去看新房, 当即就傻了:“哪里有什么新房呀?我这里不是住得蛮好的吗? ”

“怎么,你没买房? ”我爷爷吃惊地向老九爷问道,“那你向我要钱做什么去了? ”

“不是对哥哥说过的吗? 我是要给鸟儿筑窝的呀! ”老九爷理直气壮地回答我爷爷说。

“哎呀,我还当你是有话不好说,才转弯抹角地说到鸟儿的事呢,谁想到你真是要给鸟儿置窝呀! ”

“三哥, 你等一会儿, 我给你看看我的这件新鸟笼,这才真是举世无双呢。”说着,老九爷就兴致勃勃地跑进房里去了。

没等老九爷出来, 我爷爷就从南院里出来了,回到我们院里之后, 我爷爷叹息了一声, 只说了一句:

“人各有志呀！”然后就让人送上酒来，一个人喝起酒来了。

听说老九爷用买房子的钱，新做了一只鸟笼，我们几个小哥，立即就一起跑到南院来，要长长见识，看看到底老九爷的鸟笼是个什么样子。果然，不等老九爷自己夸耀，才跑进院来，我们就看见老九爷南院正房的房檐下，正挂着一只新鸟笼。这只鸟笼呈褐红色，比一般的鸟笼要大，一只金晃晃的鸟笼钩，钩下边是一个白玉圆球，全身带着一股富贵相，一看就让人为之眼睛发亮，这才真是千古难觅的极品鸟笼呢！

正在我们几个小哥站在鸟笼下发呆的时候，老九爷走出来了。这时，老九爷就向我们问道：“若是把你们的那只‘臭虎不拉’放进去，不丢‘份儿’吧？”我们知道这是老九爷向我们“显摆”，故意把他无价之宝的鸟笼和我们的“臭虎不拉”说到一起，炫耀嘛，自然也就不顾什么谁是爷爷，谁是孙子了。

“老九爷，快把你的这只鸟笼给我们说说。”这时，倒是我着急地向老九爷求着，要他把这只鸟笼的不凡之处，说给我们听。

无须我们再三恳求，老九爷早就忍不住地要向我们说了。“这只鸟笼，正名就叫作是檀香红木微雕笼。先是檀香，你们看，这只鸟笼的三根龙骨，是用一根檀香木刻成的，中间没有接口。”说着，老九爷就从房檐上取下来了他的新鸟笼，伸出手指，指着鸟笼的龙骨给我们看。果然，这鸟笼的龙骨有一股淡淡的檀香味儿，而且笼子很大，要我们小哥把两只胳膊抱圆了才能围住；鸟笼中间的三根龙骨，找不出接口来。“你们再看这八八六十四根立柱，全都是用红木修成的。为什么要用红木，而且红木还这样金贵？因为红木有分量，提在手里，觉得手里有个物件儿，不像那些鸟笼那样，提在手里，就和什么也没有一样。你们瞧，我把这只檀香红木微雕笼提在手里，遛鸟儿的时候，一步三摇，手腕儿上的劲儿甩到哪里，这只鸟笼就晃到哪里，不像那些俗物那样，你这里手腕儿已经停了，它还要甩出好远，不是人摇着鸟笼遛，而是鸟笼带着人走。你们再看……”再看，我们就看不出门道来了，只是老九爷越说越来劲儿，到此时，就是我们不想听，老九爷也是不肯放我们走了。

而且,据老九爷对我们说,光是这只檀香红木微雕笼的鸟笼钩儿,就值不少的钱呢。这只钩儿,是紫铜镀金钩儿,遛鸟儿时,把钩儿挂在手指上,无论你怎样摇,它都是光滑得很,绝对不会把你的手指磨疼。再看这只鸟笼钩儿下边的那只白玉球,那上面还刻着一幅二十四孝图呢。

“没有,什么也没有。”这一下,我们说老九爷吹牛了,明明那只白玉球上什么也没有,你怎么说是上面刻着有二十四孝图呢?

“这,你们就没见过了。”老九爷还是万般得意地向我们说着,“你们想想看呀,这只白玉球,也就是一只小玻璃球一般大,这上面如何能刻下二十四孝图呢?这可是微雕,你们要用放大镜才能看出来。过来,一个一个地看……”

拿过放大镜,再凑到鸟笼前去细看,哎呀,真是人间珍品了!就在放大镜下面,那白玉球上二十四孝图里面的人像,也就只蚂蚁一般大,离开放大镜,那自然就什么也看不出来了。“老九爷,你这只檀香红木微雕笼值多少钱?”当即,我们几个小哥就一起问着。

“无价宝。”老九爷骄傲地回答着我们说。

无价宝，无价宝，我们的老九爷这次在天津卫是出了名了。

有了这样的好鸟儿，又有了这样的好笼，应该说，我们的老九爷是不虚此生了。他常常一个人立在他的鸟笼下边落泪，我想那一定是他感到自己太幸福了。怎么世间两样如此珍贵的物什，就全让他一个人拥有了呢？就是做了皇上，也不过就是如此了吧？老九爷今生无所求了。

只是，到了夏天，老九爷忽然发现情况不对了，他的那一对芙蓉子规发情了。发情有什么要紧呢，老九爷的芙蓉子规不是一对吗？就由它们在笼里成其好事就是了。可是老九爷在他的檀香红木微雕笼旁边一连站了好几天，也还是不见这一对芙蓉子规亲近，不光不亲近，它们还互相“鸽”起来了。这两只鸟儿，就像是一对仇人一样，你飞过来“鸽”我一下，我再扑过去“鸽”你一下，一“鸽”就鸽下来一根羽毛，而且那羽毛上还带着鲜血。倘不能制止这种窝里斗，过不了几天，这一对芙蓉子规就要互相“鸽”死在笼里了。

“上当了，上当了。”老九爷手扶着墙壁，全身打战地几乎要哭出声来了，原来这一对芙蓉子规是两只公鸟儿！它们越是发情，就越是互相仇恨，它们一定以为自己的单身，是因为笼子里还有一个情敌的缘故，所以只有把这个情敌鸽死，情人才会到自己身边儿来。于是它们就越鸽越仇，那已经是到了不共戴天的地步了。

怎么办？有了去年的教训，老九爷再也不想看见鸟儿惨死在笼里的景象了。再把它们关在笼里，它们就要撞笼了。到那时，不仅这对芙蓉子规要撞死在笼里，而且它们还要把鸟笼撞坏。索性早早地放飞了吧！

这一天，老九爷早早地就要出门，临走之前，他对老九奶奶吩咐说，让她过一会儿把鸟笼的小门拉开。

“那鸟儿不就飞了吗？”老九奶奶不解地向老九爷问着。只是，这时，也不知老九爷是从哪里来的一股无名火，转回身来，冲着老九奶奶就喊了一声：

“让你把鸟笼的小门拉开，你只管拉开就是了！拉开小门儿，鸟儿会飞掉，那还用你问吗？”

喊过这一嗓子，老九爷就出门走了。

晚上。老九爷回来，抬头向房檐上望去，一看，只见他的那一对芙蓉子规还在笼子里待着。只是又经过一天的恶斗，这一对芙蓉子规已经是精疲力竭了，它们两个只是一个在东，一个在西地相互对望着，一点儿再斗下去的力气也没有了。

“唉，孽障呀孽障，你们就别让我看着心烦了！”说着，突然老九爷发疯一般，猛然跳起身来，一下把他的檀香红木微雕笼从房檐上取下来，然后用力地一拉鸟笼门儿，“腾”“腾”两声，老九爷那一对芙蓉子规，一不留恋它们的主人，二不留恋它们的那只檀香红木微雕笼，立时就带起两股旋风，闪电一般地飞得没有影儿了。

这时，再看我们的老九爷，他正后背倚着墙壁，一点点地往下溜，直溜得瘫坐在了地上，他才长长地叹息了一声，扑簌簌地流下眼泪儿来。

3

一连三年,老九爷一步也不出大门,他就一个人在院里站着发呆,而且他还总是向着房檐望着,望着望着,眼泪儿就涌出来了。为了怕老头子伤心,我们的老九奶奶就把老九爷的那只檀香红木微雕笼藏了起来。可是就这样,只要一看见房檐,老九爷就还是想起他的那只鸟笼,而且一想起他的那只鸟笼,他也就又想起了他的那一只翡翠鸟儿,还想起了他的那对芙蓉子规。只是,那种辉煌是永远也不会再回来了,院子里只剩下了我们的老九爷。

眼看着老九爷就要憋闷出病来了,这时我爷爷就说,送老九爷看看戏去吧。好在那时候我们家在天津的几家戏园里都有常年的包厢。这样,每到晚上就派上个人送老九爷到戏园里去看戏。可是没去几天,人家戏园的掌柜就到我们家来了。人家经理对我爷爷说:“老太爷,再别让你们老九爷看戏去了。你们府上的这位老九爷,坐在戏园看戏,也不知道什么时候散场,有好几次全戏园里的人都走没了,他老先生还一个人坐在包厢里呢!茶房也不敢请他走,还得我自己亲自送他回府。”

没有办法,从此之后,我爷爷也就再不送老九爷看戏去了。

一个人既不出去看戏,又不和人说话,总这样闷在家里,迟早要闷出病来的。看着老九爷无精打采的样子,一家人全为他着急,这时我爷爷就后悔年轻时真应该拉他出去做点什么事,老九奶奶也恨自己怎么就老成了这个样子?只是,着急没有用,我们的老九爷还是坐在家里发呆。

到这时,我已经是十二岁的人了,而且自从不养虎不拉以来,我发奋读书,如今俨然是半个学人了。这时我就想,像老九爷这样的人,那是谁也没有办法的了。他爱上了鸟儿,他爱上了他的鸟笼,而且他还一定要有一只配得上鸟笼的好鸟儿。染上了这种顽症,爱莫能助了,太可怜了。

后来,老九奶奶就想出了一个办法,说派一个人领着老九爷出去遛弯儿。可是老九爷不肯去,有好几次已经走出院门了,不多时,他又回来了。问他怎么不往远处走走呢?他说他不会空着一双手走路。哦,明白了,大半辈子,他总是提着鸟笼子走路的,如今让他空着一双手走在路上,他连平衡都找不着了。

家里人一定要老九爷出去遛弯儿,老九爷又空着手不会走路。终于,有一天老九爷想出了一个办法,他提起那件檀香红木微雕笼,一个人出门去了。

走进小树林,和爱鸟儿的雅士们遇到一起,老九爷又感到了一点人间温暖。和爱鸟儿的雅士们说说话,再听听鸟儿的鸣啭,老九爷的心情也就好些了。

只是,光听别人的鸟儿叫,心里不舒服。好在老九爷带来了他的鸟笼,别人养的鸟儿在笼子里唱,他就把一只空笼子挂在树上,也算是相得益彰了。有鸟儿的人,因为树上还挂着一只如此金贵的鸟笼,也感到自己的身价不凡;而只有鸟笼的老九爷,因为听见了鸟儿叫,也就像是他的鸟笼里有鸟儿了。

得知老九爷每天提着一只空鸟笼到小树林去遛笼，我爷爷既感到有点宽慰，同时也觉得有点不对劲儿。一天，我爷爷特意到南院来对老九爷说："你这样在人面前炫耀你这只价值连城的空鸟笼，日久天长，说不定会惹出什么事情来的。"但老九爷不听我爷爷的劝告，他向我爷爷解释说，不是他要出去炫耀他的檀香红木微雕笼，因为不带点儿什么，就不好在小树林里久坐，而且他预感到既然有了这样好的鸟笼，就一定会得到一只好鸟儿。"哥哥，良禽择木而栖的故事你是知道的，而这天下的好鸟儿，也都各有自己的灵性，它们虽然是在天上飞，其实它们时时在寻觅能够配得上自己的好居处。我把一只檀香红木微雕笼挂在树枝上，说不定哪一天就会有一只珍禽钻进到笼里来。所以，我带着笼子出去，就是迎接鸟儿去的。这只檀香红木微雕笼不会总空着的，我不信世上就再没有鸟儿配在这只鸟笼里住。会有的，一定会有的，说不定今天下午，就在小树林里，正有一只珍禽在等着我呢。时候不早了，有什么话儿，咱哥俩明天再说吧。"话还没有说完，老九爷就提上他的空鸟笼，径直向小树林奔去了。

老九爷总是不肯相信世上再没有珍禽配在他的檀香红木微雕笼里住了。他每天都在等待着、等待着,等呀等呀,就这样一直等了两年。到最后,他的鸟笼还是空荡荡的在房檐下挂着,看着就那么无精打采。老九爷已经是有些伤心了。

古人云:人有旦夕祸福。老九爷等他的珍禽没有等来,他却给自己等来了一场祸殃。

那是在一天黄昏,在小树林里,远远地走过一个人来,径直地就向着我们老九爷作了一个大揖。我们老九爷还没闹明白是怎么一回事,这个来人就先向我们的老九爷说起了话来:“久闻九大人是天津卫的一位名士,我们老头子总想亲自登门拜望,只恨门第所限,一直也不敢高攀。”

一听来人说的这句话,小树林里的雅士们就明白了,这位爷有来历,他所说的那个老头子,必定就是地方上的一个恶霸。门第所限嘛,这种人最知道自己的身份,所以他们是不和士绅贤达们来往的。可是如今他为什么派人找到我们老九爷的头上来了呢?那就等着他往下说吧。

"不敢,不敢。"我们老九爷忙迎上来,也向着这位爷作了一个大揖,然后又万般谦恭地向那人说起了话来,"在下不过是一名闲人罢了, 何敢和门里人来往呢? 为此,老人家不问罪,已是感恩不尽了。"说罢,我们老九爷又向这位爷行了一个大礼。

这位爷为什么找我们老九爷来呢? 开门见山,他的老头子要买我们老九爷的这只檀香红木微雕的鸟笼子。

"请问这位老人家养的是什么鸟儿?"听说世上有了一只配在这只鸟笼里住的珍禽,我们老九爷的眼睛都亮了, 他忙向来人询问对方养的是什么好鸟儿,说着,提起鸟笼来,他就要随着那个人去看。

"不敢劳烦九大人了。"立即,这位来人就拉住了我们的老九爷,"九先生只要说出价钱来就是了。"

"买?"我们老九爷向这位来人问着。

"我们老头子也是一方贤达,怎么会不付钱呢?"来人以为我们老九爷怀疑对方想强要他的鸟笼,于是便解释着对老九爷说着。

"请这位小爷回你家老人家的话, 我九先生的这只鸟笼是不卖的！”当即，我们老九爷就斩钉截铁地回答着说。

“哈哈，玩笑了，世上怎么会有不卖的东西呢？”来人笑了一声又向着我们老九爷说着，“不过就是要个大价钱罢了。九先生想必也知道我们老头子的财势，说个价儿吧，只要九先生说出个价儿来，从我这里若是往下还一元钱的价，诸位雅士都在这里，你们就一起打断我一条腿。”

我的天爷，不讲理的祖宗来了！

当然，我们老九爷没有让来人把他的鸟笼拿走，无论多少钱，老九爷也是不卖。只是万万想不到，就在第二天的早晨，我爷爷还没有出门去上班，就听说是南院门外来了一群恶汉，正恶凶凶地砸老九爷家南院的大门呢。

“狗者九，你出来！给你个面子，你不知趣，还非得我们老头子亲自出面，今天你不把鸟笼卖给我们老头子，我们就让你知道知道我们老头子的厉害！”

不得了了，惹下祸了！我爷爷立即迎出来向着那群恶汉们行了一个大礼：“各位爷息怒，我家九弟不谙世事,尚乞各位宽宥,有什么话你们就对我说吧。"

"你算是哪棵葱?"

"我是他的哥哥,也就是一家之长。"这时,我爷爷就告诉对方说自己不是葱,他是我们老九爷的哥哥。

"好,既然家里出来人了,咱们就好说好了。是这么一回事,我们老头子看上你们九先生的鸟笼子了,想出钱买,对他说过了,无论多少钱,由他说个价儿,少他一分钱,就算我们不是人揍的……"

"好了,好了。"我爷爷不想听这群恶汉们的胡说八道,立即就扣着南院大门上的铜环向里面说:"老九,你开开门,我有话要对你说。"

果然我爷爷的话管用,里面的老九奶奶一听出是我爷爷的声音,立即就打开了大门,还没容我爷爷再说话,老九奶奶就向我爷爷哭着说道:"哥哥,你快给我们做主吧,天还没亮,你的九弟弟就提着他的鸟笼子出门走了,我说这么早你去哪里?他只是对我说,是他惹下大祸了,要出门去躲避几年。就这样,我一把没拦住,他就走得没了影儿了呀!"

老九爷跑了,带着他的檀香红木微雕鸟笼子跑了，而且一跑就是一年，也不知躲到哪里去了，家里一点消息也没有。急得老九奶奶得了一场大病，也急得我爷爷连美孚油行的差事都干不下去了。

没有老九爷的消息，我爷爷就派出人去四方打听，各家各户都问到了，还是一点消息也没有。就连上海、北京都去人问过了，也说是压根儿就没见到老九爷的面儿。唉，我们的老九爷会躲到哪里去呢？

……

一直到了第二年，给我们家看茔园的一位远亲，清明前到我们家来了。他把我爷爷拉到一个没有人的地方，然后就小声地对我爷爷说："老主子，有件事，我可是不能不对您老说了，您家的九先生就在我们乡下躲着呢。他不让我说，可是我怕您老着急，这才找个借口进城来给您报个信儿。老九爷吃在我们家里，住在我们家里，虽说乡下比不得城里吧，可是我们也没让老九爷受委屈。只是，老主子，我是看着老九爷似是得了一种什么症候，这才不得不给您送个信儿来，是不是也该请个医生给他看看病呀？"

"他怎么了？"听说老九爷有了下落，我爷爷立即就放下了心，他又向这位远亲询问老九爷怎么似是得了病？

“也是我没见过这大户人家的子弟是怎么一个脾气秉性，怎么老九爷一天什么事也不做，只是提着他那只空鸟笼子在树林里遛呢？”

“哦，你带我看看他去吧。”

就这样，这位看茔园的老远亲带着我爷爷来到了乡下。走进他的家门，家里空荡荡，老九爷呢？我们的这位远亲什么话也没说，立即就又带着我爷爷向村外走去了。

村子外面，好大的一片树林，我爷爷随着这位远亲走了好长好长的一段路，远远地我爷爷就看见树林里有一个人影儿；再往树上看，树枝上还挂着一只空鸟笼，没错，这正是老九爷的那只檀香红木微雕鸟笼。

“九弟，你怎么躲到这里来了呀，快跟我回家吧，你怎么连家也不要了呢？”

“嘘”，老九爷听见我爷爷的声音并没有回头，他只是轻轻地嘘了一声，然后又回手向我爷爷摇了一下，暗示我爷爷不要出声。过了一会儿，我爷爷就听见老九爷似是在向他说着："就要钻笼了，比三年前的那只芙蓉子规还要俊呀，笼子在树上已经挂了五天了，你别闹，它就要进笼了……"

一面说着，老九爷一面向后面退着步地走着，一步一步地老九爷终于退到了我爷爷的身旁。他一只手拉住我爷爷的手，一只手还捂着我爷爷的嘴，让他不要出声："就要进笼了，就要进笼了。"

我爷爷什么话也没说，只是不敢出声地站在老九爷的身旁。这时，我爷爷侧目向老九爷看了一眼，只看见老九爷的眼角，两行泪珠儿正忍不住地涌了出来。

也不知为什么，我爷爷的眼角也湿润了。我爷爷想劝说老九爷几句话，可是也说不出来了。他只是站在老九爷的身后，一声不出地看着那只挂在树枝上的空鸟笼。

当然，那只比芙蓉子规还要金贵的鸟儿，最后也没有飞进我们老九爷的鸟笼子里来，但他还是每天提着他的那只空鸟笼，在树林里遛着："会有的，一定会有的，世上一定会有一只配在这只鸟笼里住的珍禽，住进这只鸟笼里来的。会有的,一定会有的。”老九爷自言自语地说着,手里提着他的那只空鸟笼,还在树林里走着走着……

善人坊

前言

旧城区的平房改造工程，早已经开始了，而我要回旧城区去看看的愿望，也不是三天两日的事了，其实我一直就在这个城市住着，也不知道是怎么回事，这些年就是没有到旧城区去看过。本来，早就听人们说，原来的老邻居们也早就不知迁到什么地方去了，就是我想再找一位老邻居，也是很难找到了，所以完全用不着担心会碰上什么人的；就算是我们家原来在城里的名声不好，这许多年过去，新一代的居民也不知道我们家的那些老底儿了，有什么不能回去看看的理由呢？

但我还是没有回去过一次，总是说离得太远，其实再远，还有距离北京远吗？怎么就一趟趟地天津北京来回跑，就不能再到老住处去看看呢？说不清，也许就是不想再看见那个地方了,一看见那个地方就要想起许多事情, 好不容易那些事情已经快忘记光了,干嘛再把它翻出来勾出一堆心思呢?可是有消息传来说,府佑大街就要拆掉了,在那个地方要盖一个建筑群,无须多少时间,原来的府佑大街就要成为一个高楼林立的地方了, 到那时你再想看旧日的府佑大街,那就再也不可能了。就这样,我终于还是下定决心,到老府佑大街来看看了。

其实,府佑大街就是不改造,我也已经有些认不出来了,房子虽然还是老房子,却不是我原来印象中的那个府佑大街的老房子了。怎么那些原来的老房子一旦不见了原来的主人,就变得如此陌生了呢?就连原来的府佑大街也已经不像是那条大街了。在我的记忆里,府佑大街宽得很,小时候上学,从府佑大街这边过到对面去,似是要走好长的时间,还要有人送——家里“兴”的时候,一直是我们家的老仆人吴三代送我们去学校的;就是跟着吴三代过府佑大街,我们几个小弟兄也要手拉手连走带跑地, 还要躲开过往的车子; 怎么如今的府佑大街只几步就迈到对面去了呢?

你简直无法想象当年横过府佑大街的时候,怎么就会那么紧张。

再说府佑大街的长度。早先的府佑大街,一直连到北门内大街,再往北走一点,正傍在北门脸儿的地方,有一家金店。在我的记忆中,那家金店简直就和今天的北京什么高级商场似的, 站在店门外向里面张望,就觉得店里比我们学校的操场还要大。可是这次我又到那个金店去了,早改作副食店了,卖些烟酒油盐呀什么的,再往店里一看,哎呀,怎么就会是这么小呢?连十个人也站不下的,莫非是原来的金店切下去了一块地方?再看看,就是原来的老金店,一点地方也没有往下切,它本来就是这么大的地方,只是那时候我们太小,就把个巴掌大的地方,看成是大商厦了。

去府佑大街看了一趟, 总共也没用半天时间,可是回来之后,我却一连半个多月静不下心来,正写到一半的长篇小说,也停下来了,一点灵气也没有了。说句狗屁话,就是觉得人这一辈子活得太没劲了。怎么原来就把这些破房子还有一条小街,再加上这条小街上的小店铺看得那么大呢?会不会今天我也是把一些本来很小很小的东西,看得很大很大了呢?如果真是如此,是不是这个世界把我骗了呢?苦思冥想不得其解,强迫自己不去想它,可是实在就是做不到,一连好多天,我就像是得了精神病一样,许多当年住在府佑大街时的景象,又浮现在眼前。平时我还很少有如此浮想联翩的时候,如今一浮想联翩起来,我还真不知道应该如何对付。我老伴看我天天坐在椅子上发愣,对我就很是反感。我老伴常说她的眼睛是雪亮的,再加上她有过这方面的教训,所以每到此时,她就拿白眼珠子翻我,出来进去地还甩闲话:“都快抱孙子了,也该往人上长了。”我知道她指的是什么事,她总是用形而上的老眼光看人,我也就不和她计较了。

只是,府佑大街对于我来说,实在是太重要太重要了,去过府佑大街想起来的那些事,对于我来说,就更是重要了,不把这些事情写下来,我就无法再工作。就这样,我停下了正在写作中的长篇小说,一心要把府佑大街上的旧事记下来,以此也算是平静一下心情,作为对要被拆除掉的府佑大街的一点怀念吧。

上篇

关于府佑大街的事,已经在一家杂志上发表过一些篇章了,但那只是一个开头,后面的故事还多着呢,可能一个比一个精彩,也可能一个比一个没意思,反正我也没什么使命,就是不留神地写着,不是有人说一不留神就能写出一部《红楼梦》来吗?那么我也就不留神地写着,天知道会不留神写出什么水平的作品来,诸君就拭目以待吧。

在当年的府佑大街上,我们侯家大院确实有点影响。读者诸君如果读过我写的那个中篇小说《婢女春红》的话,也许还记得在那篇小说中我曾经写过我们家门外有好几块匾,一块匾上刻着“佑我黎民”,还有一块匾上只刻着“正名”两个字。而且除了这几块匾之外,就在我们侯家大院的大门外,还立着一座牌坊,牌坊上面刻着三个大字:“善人坊”。由此,我们家就被人们称为是善人坊侯家了。

也许有的朋友就要问了,当年街道为什么给你们侯姓人家立这个善人坊呢?这就是说外行话了,那时候没有街道,连区政府也没有。一天津卫就有一个直隶总督府,就设在我们家的旁边,也就是说,我们家和直隶总督府是邻居,立善人牌坊的事和总督府没有关系,总督府也没有这笔经费。民国以前的官府没有钱,里面就是立着几根哨棒,还有一方官印、一条花梨木的大案子——是审问案件时用的,再有一套茶具、一把烧开水的大铜壶,别的就什么也没有了。当然,到了袁世凯做上总督大人的时候,他就肥多了。那老家伙会搂,把天津卫刮了个天高三尺,天津人至今还念念不忘呢。

我们家的善人牌坊一不是街道立的,二不是区政府立的,它总不会是从天上掉下来的吧?天上哪里会往下掉善人牌坊呢,想立牌坊的人多着呢,不是一个也没立成吗?有的好不容易立成了,可是没过几年,就又让人给砸了,可见立个牌坊也不容易。

这里先要说说立善人坊的程序。要想立善人坊，首先自然是要行善举，那年头不兴“炒”，也不知道制造新闻，就是要一件事一件事地做，要以实际行动为自己积累好名声。天津卫的善人坊，一共分三个等级：最低的一级，叫作四方民众恭立，两根立柱上面跨着一道横梁，就是一座小牌坊；上面的一级叫作八方民众恭立，四根立柱跨着一道横梁，中间过车，两旁走人，看着果然壮观；最高的一级叫作天下民众恭立，那就要有两座牌坊了，头一座稍低一些，后面的一座就要高了，而且是八根立柱顶着一道过梁，那气势可就不一般了。

立最低一级的善人坊要由地方出面，也就是由本地的一位贤达出面，然后联络四方民众，大家说，咱们给这位爷立一座善人坊行不行？大家说行，这样就再由这位社会贤达出面筹措款项，到了时候，就给这户人家把善人坊立起来了。你想立一个高级的？那只由一位社会贤达出面就不行了，那要联络八方民众，差不多就要把全天津卫的民众全联络上，然后才能给你立一座八方民众恭立的高级善人坊。你还想上一个新台阶——要立一个天下民众恭立的豪华型善人坊?那天津卫本乡本土的社会贤达们就做不了主了,那要全中国的老百姓一致公认你是一个大善人,才能给你家立天下民众恭立的豪华型善人坊。当然,那是很不容易了,中国人多,地方又大,奉系的人说给你立天下民众恭立的善人坊,皖系的人不同意,要想一致,还得打一仗,实在也太麻烦,所以直到今天也没有哪户人家立成天下民众恭立的善人坊。

那么我们家的善人坊呢?当然是最低一级的善人坊了,就是这样,也费了好大的周折,为了立这座善人坊,可是把我爷爷给累苦了——

府佑大街的老邻居们都知道,我们家曾经发旺过,最旺的时候到什么程度?反正这样说吧,每年的正月十五,我们侯家大院放焰火,一条府佑大街的老百姓都接出阁的闺女回娘家来看老侯家挂灯放焰火,你就说说这是多大的势派吧?

你说,一个家族有了钱,又有了势,它再需要的东西是什么呢?当然也就是需要好名声了。只是,这好名声是你想要就能得到的吗?我们侯家大院出了这么多的丑闻，后来全算是罪恶了，那能有好名声吗？我爷爷管不了自己的儿孙，就只能自己独善其身地做好事，以求能给我们这个家族留下一个好名声吧。

说到行善举，我们家那是当仁不让的。头一件，我奶奶每天烧香念佛，而且还终生吃素。每天晚上，晚饭之后，和孩子们说一会儿话，我奶奶就到后院的佛堂去了。这时候早有人敬上了香，还放好了蒲团，再有人在一旁侍候着，我奶奶就开始诵经了。诵经之后，我奶奶还要给佛像磕一百个头，一直折腾到后半夜，才肯收兵，到这时，那些侍候我奶奶的用人们，早就累得全身乏力了。前几年我写过一篇散文，就是写我奶奶做佛事救小偷的事，就凭那件事，我们家就有资格立"善人坊"。

那一年正是在隆冬季节，一天深夜，我奶奶正在佛堂里做佛事，刚刚磕完了一百个头，我奶奶已经准备回房了。这时，就听见院里"扑通"一声响，明明是从房顶上掉下来了什么重物件。我们家的老用人吴三代闻声立即跑了出来，掌起灯来一看，地上趴着一个人。"什么人？"大喝一声，他就冲着趴在地上的那个黑影扑了过去。

“回禀爷的话，我不是人。”趴在地上的那个人早吓得全身发抖了，他连爬起来的力气都没有，就躺在地上向吴三代回答说。

“不是人，你怎么说人话？”吴三代说话的声音极大，随着他又操起家伙向那个人奔了过去。这时我的几个叔叔也闻声跑了出来，大家就一起吓唬这个从房顶上掉下来的人。

“爷们饶命，小的我只是从这里借道的，没想到这房顶上的雪没化，一失脚就把我滑下来了，以后我再不敢从这走了。”这时大家才听明白，原来就是一个贼。

听从房顶上摔下来的这个人招认说自己是一个贼，我的几个叔叔的能耐就全表露出来了，几个人你举着一张麻将牌，我扛着一杆烟袋，围过来就要打这个贼。这时我奶奶也听见了院里的动静，立即就辞别了神灵，回到尘世中来看看乱七八糟的这些破事。急匆匆，几个用人搀扶着我奶奶就来到了院里。当即，我奶奶就拨开吴三代和她的几个儿子，俯下身来向这个趴在地上的贼问道:“夜半三更的,你上我们家的房干嘛?”

“老祖宗,这还用问吗,只是一个做贼的。”吴三代一只脚还踏在那个贼的身上,昂起头来,向我奶奶回答着说。

“侯老太太,我不是偷侯家大院来的,谁不知道府佑大街上的侯家大院是积善人家呀?我只是从这里借道……”说着,那个贼就哭出了声来。

“唉哟!宝贝儿,快别哭了,怪心疼人的。没摔着哪儿吗?”我奶奶这一辈子就爱听人家说我们家是积善人家,那个做贼的一说我们家是善人府,我奶奶立即就把他看作是一个知心人了,不说他为什么做贼,先问他摔着没有,一下子把那个做贼的都吓坏了。

“老祖宗,您老别管我,我是罪有应得,您老只要放我走,我就感激不尽了!”

“快放孩子走,给孩子两元钱,让他明天好生找个医生看看。哎呀,我说三代,你干嘛把脚踩在人家孩子身上?还不快扶他起来!”

“老祖宗,不是我故意踩他的,是他一骨碌,就骨碌到我脚底下来了。”吴三代是我们家的老用人了,他和我奶奶是一块儿进的侯家大院，我奶奶老了之后，他就更是哄着我奶奶了。

“你们也是的,房顶上那么多的雪,怎么就不知道扫扫呢？若是真把孩子摔着了,你说可该怎么办？”不听吴三代的解释,我奶奶又责怪起家里的用人来了。

“娘,您老快回房歇着吧,外面风大。”我的那几个孝顺的叔叔,这时一起走了过来,说着话就要把我奶奶往屋里搀。

“等等,告诉孩子,以后别夜半三更的上房,就算是借道,你就不兴白天借吗？”我奶奶还是对那个趴在地上的贼说着。

“得嘞,娘,您就别管这么多的事了。”说着,我的几个叔叔又要搀扶我奶奶回房,可是我奶奶偏要亲眼看着把那两元钱交到那个孩子的手里。就这样,我奶奶硬是立在大风里,看着我的一个叔叔回房取来了两元钱,让那个孩子自己爬了起来,把钱交到他的手里,然后又让人开开大门,把那个孩子放出去,然后才转身往回走。这时那个走到院门口的孩子已经感动得热泪盈眶,“扑通”一下他又跪在了地上,向着我奶奶的后影儿,“咚咚咚”地磕了三个头。

第二天, 当人们把这件事向我爷爷说过之后,我爷爷点了点头,这时他就在心里暗自想着,这次该有人给我们家立善人牌坊了。

等了好多天, 地面上要给我们家立善人坊的事,一点消息也没有,我爷爷就想,这回又算是泡汤了,还是继续努力吧。按道理说,做了好事是不应该索取回报的,可是我们家做善事,不就是为了争一点好名声吗?能立一个善人坊,就把上上下下许多年来做的坏事全遮掩没了,怎么能只做无名英雄呢?

我奶奶念佛放贼的事没有得到民众感激,我爷爷决定继续开创新局面,于是就在下一年的冬天,设了一个粥厂。粥厂,就是剥削阶级对劳苦大众施行伪善的地方。一般的小户人家设粥厂,也就是放四百个号,而我们家设的粥厂,却放两千个号:这就是说,我们家比那些小户人家更伪善。放两千个粥号,也就是说每天要煮两千碗粥——当然不是大米粥,也就是象征性地放一点白米,大半是小米,煮的粥当然也不像民歌唱的那样"勺子搅三搅，浪头打死人"，反正有了这碗粥，就不至于饿死人。一碗粥也就是二两米吧，那时候是十六两一斤，两千个粥号，一天就要煮三百斤米。只煮三百斤米还不够，还要想到那些一时揭不开锅的人家，所以我爹爹开的这个粥厂，每天要煮五百斤米。而且光煮粥不行，还要有一个煮粥的地方。我小时候看见过这处粥厂，是一个大席棚子，里面有几十口大锅，至于煮粥的时候是个什么样子，我就没见过了，因为每天到了我上学的时候，粥厂早就舍完粥了，我只看见过煮粥的人收拾锅灶，还有几个人指着我的背影，好像是说，这个孩子就是开粥厂的侯老太爷的孙子。

只是，这粥厂也不是什么人都可以随便开的，你有这份钱，还得有这份门路——不把地方买通好了，你开粥厂，就有人砸你的粥厂。就说我们家开的这个粥厂吧，每天虽说是煮五百斤的米，可是拿出来买通地方上的钱，至少还能买五百斤米。

"地方"是什么概念？地方就是地头蛇，其中包括地痞，还包括一帮用人。你开粥厂要用地皮，本来这块地皮也没人用，可是你一开了粥厂，他就会出来人和你沟通,他说这块地皮是风水宝地,你在这里开粥厂,就把穷气带了过来,再以后无论这块地皮上盖什么楼房,那也就没有风水了。怎么办?拿钱,把地痞买通了,你开粥厂,就是有人来捣乱,他也会出来给你撑腰。再有呢?就是那些无聊的闲人们了,这些人什么事也不做,就是在地面上惹事,你开粥厂,他就穿着袍子马褂儿,挤在穷人堆里到你的粥厂来讨粥。你说说该怎么办吧?出钱呗!所以要想行善举,你就得先把恶人买通了,不先把恶人打点痛快了,你就休想做好事。中国就是有这么点小规矩。

开了一年的粥厂,果然我们侯姓人家的名声比过去好多了,连平日吴三代送我们去学校,马路上的警察都向着我们小弟兄们微笑;至于学校里的老师,就更是向同学们介绍说我们几个就是开粥厂的侯家子弟,告诉那些坏孩子们别欺侮我们。

可是就这样,也还是没有人操持给我们家立善人坊,这时我爷爷就开始反省自己是不是还有什么地方做得不够?谁料,这一反省,还真找出差距来了。我爷爷想,光舍粥,还算不得是善人,因为穷人吗,就是饥寒交迫,光舍粥不行,还要舍棉衣。于是第二年,在粥厂开始舍粥的第一天,侯家粥厂还放了两千件棉衣。怎么放的呢?当然也不能乱放,乱放,还不得像后来深圳抢股票那样地人踩人呀?那也是要有一点办法的:那就是先由"地方"把没有棉衣的人报上来,然后再由我们家的老爷子把棉衣放下去。据说放棉衣的仪式可隆重了,早早的,领棉衣的人们就来到了粥厂门外,天才放亮,我爷爷就来到了粥厂,还由我老爸念了一段放棉衣辞,我老爸代替我爷爷读的那篇放棉衣辞,开头是这样写的:"为善之道,其义大矣。古哲有言,善人行善,从乐人乐,从明人明。故曰,顺名为善,顺理为义。天地无亲,常与善人。天道无常,不为尧存,不为桀亡。子曰:善人,吾不得而见之也,得见有恒者,斯可也……"如是而已。

开了一年粥厂,又舍了一季棉衣,满天津卫,侯善人的名声已经喊出来了。就连当时天津的《申报》,都登了一篇关于我们家开粥厂的文章,其中还对我爷爷的善举大加赞扬。尤其令人感动的是,到了这一年的春节,一天早晨我们家的老仆人吴三代忽然跑进来向我爷爷报告说:“老太爷,您老快出来看看吧,大门外,地方上来人给咱们府上立宫灯了!”

听说地方上来人给我们家立宫灯,我爷爷急忙更衣,又招呼着全家的男人们一起随他出来迎谢。待我们一起和爷爷走到门外向来人致谢时,立灯的人已经走了,再看我家门外两侧,早立下了四盏大灯。这里要说明一点事,给人家府上送灯,那是绝对不许挂在房檐上的,给人家挂红灯,你拿人家当妓院呀?看过一部电影,只看着一个大院里挂着许多红灯,真不知山西的老财们是怎样过的,反正在天津卫,至少在我们家,红灯是不许挂在院里的。回廊下可以挂灯,也不是全红的灯笼,灯上要有画儿,还要有字儿,全红的灯笼只有妓院里才挂呢。

那么,民众给我们家送的灯是什么灯呢?这种灯是立在门两侧的灯,每盏灯有一个支架,五尺高,底下有一个座,一根立柱头上弯下来,再有一个吊钩儿,把灯笼吊住,灯下边的红流苏垂下来,正好能落到我的头顶上。这就叫送灯。你们以为送灯就是把大红灯挂在我们家的房檐下了?真若是那样,别看我爷爷和我的几个叔叔没能耐，没能耐他们也能雇出有能耐的人来揍你一顿。

望着远去的人影，我爷爷带领着我们连连地鞠躬致谢，一连鞠了三个大躬，这才直身来看民众给我们家送的这四盏大灯。这四盏大灯呈八角形，看着果然好不辉煌哉！而且这四盏大红灯，每盏上还有一个金色的大字，连在一起，正就是一句话："积善人家"。

读者诸君，你们就想一想吧：宽宽的大道，高高的门楼，天上是飒飒的寒风，地上是皑皑的白雪，一排老槐树下，站着的是我们侯家大院的全班男子，而在我们的身后，就是那写着"积善人家"四个大字的四盏宫灯，这若是画成一幅画，你说说该是何等的壮观吧！

在寒风里站了一会儿，我爸爸和我的几个叔叔以及我的哥哥和我，早已经是有点不耐烦了，可是再一看我爷爷，他老人家却一点回院儿的意思也没有。我当然明白他此时的心情，他是想就这样站在院门口，等着让过往的行人看看。可是我的爷爷呀，你忘了此时是什么时刻了，满天津卫的人都还没起来呢，至少你要再等两个钟头，头一个出来卖菜的小贩才会上街。咱们还是回房暖和暖和去吧,我可是已经冻僵了。

终于,我爷爷似是要下令回屋了,他慢慢地转回身来,冲着我们这些人等开始说起了话来:“看见了吗?儿孙们!积善人家,必有余庆。做人就是要以善为本的,不行善举,或者再做出些什么对不起祖宗的事来,那岂不就白披了一张人皮了吗?行善举,就得民众感激;不行善举,就受民众唾骂。何为荣?何为耻?你们自己是应该有个评断的!”

听过我爷爷的一番训导,我老爸带领着我的几个叔叔立即垂手低头,应声回答道:“儿子记住。”我哥哥和我也随着像是背书一样地附和着说了一声:“孙子记住。”

本来呢,到了此时,我爷爷也就该往院里走了,可是,就在我抬头向我爷爷望去的时候,我就看见他的一双眼睛里几乎就要涌出了泪珠。抽了一下鼻子,他又接着说道:“我已经是一个老人了,大半生我也是克勤克俭、本分做人的,穷则独善其身,达则兼济天下,有没有善人名声,对我来说已经是无所谓的事了;可是再看你们的所作所为,一个一个全被人点脊梁骨,我再不给你们争一点好名声,来日你们可是该如何立足社会？不争气的孽障们呀,你们是不看着我活活累死是不甘心的呀！”说着,我爷爷几乎就要哭出了声来。这时我老爸忙走过来搀扶住我爷爷,连连向他说着:“孩子们已经是弃恶从善了,父亲大人还是回房用茶去吧。外面的风实在是太大,佛堂里,母亲大人还等着父亲大人敬香呢。”

连搀带拉,我老爸和他的几个弟弟一口气就把我爷爷拉进院里来了,好歹把他老人家往屋里一推,我和我哥哥就回房读书去了,我老爸和他的几个弟弟,也就各找各的去处了。

中篇

被民众在大门外立了“积善人家”的四盏宫灯，按道理说，我爷爷应该心安了，可是他不但没因此而感到满足，反而渐渐地更是闷闷不乐了。

为什么呢？原来，被民众立下“积善人家”的四盏宫灯，虽然也是我们家的光荣，可是同时这也是民众对我们家提出了更高的要求。什么要求呢？那就是要我们家每年都要有新表现。没有新表现，明年民众就不给我们家立“积善人家”的宫灯了，那就是说我们家在新的一年里没有行善举，那就有负于众望了。

这里要说明一点小事，那就是今年民众给我们家立的四盏宫灯，到了明年，就不许我们自己再把它立在门外了。这种宫灯虽然也可以保存好多年，但对积善人家来说，却只能使用一次，你不能年年自己把它立在门外。“积善人家”的四盏宫灯，和咱们如今不一样，如今只要你被评为是一级作家，有人给你在大门外立下了“一级作家”的四盏宫灯，到了明年，无论你有没有新作品，你仍可以自己把那四盏宫灯立到大门外面，而且只要这四盏灯不坏，你就可以年年自己把它立在自家门外，过往的行人也没人问你这个一级作家今年写了什么新作品？一个字不写，那也没事，灯笼尽管自己挂，而且挂出来就一定亮堂。

在新的一年里，我们家要做出哪些新贡献，才能保住积善人家的好名声呢？为此我爷爷可是费了心血了。粥厂当然还要继续开，棉衣还要继续舍，而且我爷爷还出钱，在我们家大门对面的一条大河上筑了一座桥。大桥通行之时，天津卫的各界贤达们还同来祝贺，而且各界人士还一致把这座桥定名为侯善人桥。这一下，我们家离立善人牌坊，应该说是已经不远了。

这时，有消息传来说，街面上已经开始操持为我们家立善人牌坊的事了，据吴三代打听来的消息说，只是还差一点钱。这时我老爸就对我爷爷说：“不就是差一点钱吗？这点钱，咱们出了。”

“胡说！”当即，我爷爷就向着我爸训斥了起来，“为咱们家立善人坊，怎么能咱们自己出钱呢？若是自己可以出钱给自己立牌坊，那谁家不给自己立上几十道牌坊的呀？立牌坊，就是民众的自愿行为，无论多少钱，那也是要由民众自己筹划的。我们再有钱，也不能往这上面使，自己出钱给自己立牌坊，传出去就是丑闻，比什么丑闻都丑！”

“那，他们若是总凑不够钱，怎么办呢？”我老爸不解地向我爷爷问着。

“他们凑不够钱，就是说明我们行的善举还不够。只要我们行的善举把民众感化了，就是再多的钱，民众也是愿意出的。这种事，你们不要过问，你们只管好生做人就是了。”

“儿子记住。”我老爸又把他的四字箴言背了一遍，这才从我爷爷的房里出来，一转身就也不知道老先生行什么善举去了。

烧香、念佛、开粥厂、舍棉衣、修路筑桥，以至于放赈、救灾，我们家很是做了一番好事，终于感动上帝，地方上出来人在我们家门外丈量距离，看样子是要给我们家立善人坊了。吴三代出去探听消息，说是连牌坊都已经快做好了，高三丈，宽两丈八尺，立在距离我们家大门四丈八尺的地方，而且据说连日子都选定了，就选在我爷爷七十大寿的那一天。作为民众的贺礼，到时候燃放鞭炮，一番大庆，从此，就把善人坊立起来了，千秋万代，那才叫永不变色呢。

听到民众要给我们家立善人坊的消息之后，我爷爷行善举的劲头就更大了，他不光是自己行善举，他还要我和他一起行善举。有一天，当他看到我正拿着一壶水要浇一群正在打仗的蚂蚁的时候，一挥手，他就制止住了我。我的老祖父对我说："蚂蚁虽小，但它也是一条性命，它们为食而战，你不该放水冲它。快到房里取一个馒头来，搓成粉末，让它们各得其所，它们不就不打了吗？"

"爷爷，你不知道，蚂蚁这东西无义战，饿了饿打，饱了饱打；你就是把十个馒头搓碎了喂它，它们也还是要打的。"

"闭嘴！你怎么可以说这种混账话呢？蚂蚁无义战，但是它们饿时打，那是我们的不是；至于它们饱了再打,那就是它们自己的不是了。你怎么能因为它们饱了还打,就不喂它们食物呢?”

爷爷说的话有道理,我忙回房取来一个馒头,一把,我就把这个馒头搓碎了。爷爷看我搓碎了馒头喂蚂蚁,便满意地走开了。可是,果然不出我的所料,那些蚂蚁们在把碎馒头一抢而光之后,便又打了起来。只是这次我不用生水冲它们了,我跑回房去提来一壶开水,一下子,我就冲着那些打仗的蚂蚁浇了下去,果然这一下最管用,水淹七军,立即,它们就停战了。

我在家里用开水浇蚂蚁的恶行,没有传出去,因之也就没有成为什么丑闻,估计这对于我们家那一年的没有立成善人坊,是不会有什么影响的。但是,就在我爷爷快要过生日的前几天,我们家突然发生了一件大事,这一下,把民众要给我们家立善人坊的事,全给耽误了。

那是一天的上午,我也没注意有什么变动,就听说门外来了化缘的尼姑。我奶奶才说放施舍,这时就听见七爷爷院里一个叫芸儿的丫鬟一声喊叫,再一看,就只见一阵风似的从七爷爷院里跑出来一个女子，跑到大门外，便随着尼姑走得没有影儿了。

呼啦啦，立时满宅满院的人就一起全跑了出来，大家一起嘁嘁喳喳地打听是发生了什么事。这时我爷爷和我奶奶早拄着他们各自的拐杖站到了院里，我奶奶气得全身发抖，我爷爷更是顿足痛骂："孽障们呀！孽障们呀！这侯姓人家祖辈上留下的阴德，就这样断送在你们手里了！"

听见我爷爷的骂声，七爷爷、九爷爷和他们院里的几个儿子，早乖乖地立在院里，垂着双手，低着头，就像是一个个做了见不得人的事似的。再至于我父亲和我的几个叔叔，那更是早吓得双手打战了。他们知道，每到我爷爷真发火的时候，说惩治谁，那是一定不会手软的。多少年前，我爷爷发火，愣罚了我的一个叔叔在院里跪了三天三夜，谁说情也没用。偏赶上有一天夜里下大雨，有人说把孩子淋出病来怎么办？可是军中无戏言，罚跪的军令那是不能撤的，最后还是我奶奶出了一个好主意，就派下两个用人给我那罚跪的叔叔撑伞。就这样，待到我爷爷睡下之后，我的老爸才出来把我的那个叔叔招到房里打麻将牌去了呢。你们就说说我爷爷是多厉害了吧？

那么，芸儿的落发为尼，又是什么人做下了坏事呢？当然，这里还是要做一下交代。老杇发现，最近一个时期以来，文学界瞎编乱造之风大盛，有一些人就是胆子大，他们想编什么就编什么，什么一个老爷娶下几个太太之后，每到晚上这几个太太就一起站到各自的院子外，等着老爷选人呀，等等等等。看得我都几乎要笑出声来了呢！请问你们哪位先生见过这种场面呢？如果真有人见过，那一定是他记错了地方，那不是在民宅里，那是在妓院里，只有妓女才站在门外迎客呢。我老爸就有姨太太，我母亲莫说是要站到院里去迎他，就是他有时故意到我们房里来想在我母亲面前讨好，我母亲都不理他，愣把他“木”得没地方去。你们以为，他没地方好去，不正好到小太太房里去吗？不对，这就是你们没见过这种场面了，大太太不理的人，谁又敢理？吓死她，她也不敢让我老爸进屋呀！

这里就说落发为尼的事了，若是瞎编呢，那就热闹了，一户人家出了一个人落发为尼，那不是一件好事吗？于是，这时全家人就要为之欢欣鼓舞，说不定还要举行一个什么仪式,为家里有人皈依佛门来一番庆贺呢。其实不是这么一回事,一个家庭里若是有一个人随着化缘的僧人或是尼姑走了,这就是说明这个家庭出了难于启齿的事了,虽然官家不追究,但是这户人家的名声败了,人家会说,这户人家不定做下什么见不得人的事了,愣把一个好好的姑娘逼得跟着化缘的尼姑走了,真是缺下大德了!

站在院里,我爷爷逼着七爷爷交代为什么芸儿姑娘随着尼姑走了, 七爷爷哆哆嗦嗦地就是说不出来。“混账!”我爷爷骂起他的弟弟来,和说我的口气一样,“让你的几个孽障说,是谁把人家孩子逼走了的?我早就说过,像芸儿这样如花似玉的孩子是不能留在院里的,为什么你们就不早早地把她打发出去?真是不到出事的时候,谁也是不肯老实的。这一下好了,你们自己做下的事,你们自己去了断吧。你还愣在那里做什么?还不赶快派人去查问芸儿是去了哪处庵堂?带下人去,把那座庵堂好生修修,无论多少钱,也不要痛惜了。唉,孽障们呀,你们是不把我活活气死不罢休呀!”骂着,我爷爷就被众人搀扶着回房去了。

立即，七爷爷就派下人，从账房支去了好大一笔钱，找那个尼姑庵去了。据说我们家很是出了好大的一笔钱，才把那个尼姑庵修好。这样，芸儿也就在那个庵里住下了，她也没说我们侯姓人家的任何坏话。

虽然芸儿没有说我们家的坏话，但是逼婢落发，那已经就是最大的丑闻了。就为了这一事件，地方上原来要给我们家立善人坊的事，就又泡汤了。

下篇

越是家里出丑闻,我爷爷就越是要立善人坊。我爷爷说,若是在他这辈立不下善人坊,到了下一辈,我们家就永远休想立什么善人坊了;再至于流芳百世,那就更不要想了,遗臭万年吧,您哪!

眼看着我爷爷为了不能立善人坊的事闷闷不乐,我们家的老仆吴三代暗中就对我爷爷说出了实情:“老主子,我可是就不知天高地厚了……”

“说!三代,你在这个家里已经就是半个主子了,有什么话,你尽管说就是了。”我爷爷对吴三代,那是比对他的几个弟弟还要好的。人家吴三代不做对不起我爷爷的事,还处处替我爷爷着想,在这个大宅院里,吴三代就是我爷爷的知心人。

“老主子若是不怪罪,我可就放肆地说了。据吴三代看,想立这个善人坊,可是不能光靠行善,该出钱的时候,就得出钱。这年月,有钱能使鬼推磨,无论什么事,不把钱花到了,也休想办成。奴才大胆,背着您老,奴才已经把行市摸清了,说是立一个善人坊,至少也要花上七八千元的呢。”

“可是,咱们设粥厂、舍棉衣、修路、筑桥,花的钱何止是上千元呢?”这时,我爷爷就向吴三代问着说。

“老主子,若不您老怎么就不知道外面的事呢?您老设粥厂、舍棉衣,那是只把钱花在了穷人的身上,可是要想立善人坊,您老就要把钱花在能给您老立善人坊的人的身上。”

“依你这一说,我该把钱花在什么人的身上呢?”当即,我爷爷就又向吴三代问着。

“哎呀!我的老主子,这事您老还用问我吗?钱要花在什么人的身上?官面儿呀!不把官面儿买通了,您老能立善人坊吗?”吴三代着急地回答说。

“怎么?官家想向我要钱,大胆!”说着,我爷爷就往院外走,他要去哪里?当然是要去直隶总督府。不是说过了吗,直隶总督府就在我们侯家大院的旁边,一墙之隔,而且当今的总督大人,还是我们家的老世交,跟他要一个善人坊,还愁他不给面子吗?

“老主子,您老去总督府有什么用呀?”吴三代看着我爷爷要去总督府,立即上前把我爷爷拦下了,“总督府管不了立善人坊的事,没听说过吗,县官不如现管,要想立善人坊,只要把地方买通了就行了。”

“地方是什么官?”我爷爷不服气地问着。

“什么官也不是。可是这年月,不是官的不是比是官的能耐还要大吗?”

“唉!”只是叹息了一声,我爷爷那意思,就是“服了”。

过了一会儿,我爷爷又对吴三代说道:“这样吧,现在你就带着我出去,无论走到哪家,你说该给这家花多少钱,我就给这家留下多少钱。几时把钱花够了,善人坊也买下了,咱们再回家。”

“老主子,事情怎么会如此简单?真若是善人坊可以用钱买到,那岂不正如圣人说的那样,就天下无道了吗?”吴三代还是拦着我爷爷说着。

“你以为如今这样子,就天下有道了吗?”我爷爷向吴三代反问着说。

“天下有道还是天下无道,奴才是不敢评断的。只是老主子知道,咱们这片地方出面管事的,有一个人叫常闲人。那一年带领民众给咱们府上立‘积善人家’四盏宫灯的,就是这个常闲人;后来筹措款项说是要给咱们府立善人坊的,也是这个常闲人;如今要想再立这个善人坊,还得买通这个常闲人。”

“好,那你就去找他吧,无论多少钱,我出了!”说罢,我爷爷就以为是把事情说妥了。

“老主子,这件事,还不能就明着和常闲人说。该怎么办,到时候,您老就伺机而为好了。”

事情就算是这样说定了,我爷爷就坐在家里只等着伺机而为了。

就在我爷爷在家里等着伺机而为的时候,天赐良机,机会就真的来了。一天早晨,我爷爷刚要出门,才推开大门,抬头一看,就正在我家大门的对面,跪着一个告地状的女子。一篇地状铺在地上,地状后面,低头跪着一个穿着孝服的女子。她只哭不述,也不抬头,就是跪在那里告地状。

告地状是怎么一回事？别害怕，这次可不是我们家又有人做下什么坏事了。告地状，就是一个人遇到了难事，譬如丧父、丧夫，而又无力掩埋，天道不公，但是不能告天，也没有人敢管天。于是就把事情写在纸上，铺在地上，向各位善心人求助。说了一大圈绕脖子的话，其实告地状，就是乞讨——当然不是一般的乞讨，而是要讨一大笔钱。做什么？料理死去的亲人。

为什么要在我们家大门外告地状？我们家有钱呀，而且名声又好，有了过不去的难事，当然就要向我们家乞讨了。

只是，今天告地状的这个女子，又是什么人呢？我爷爷走过去一看，那地状上是这样写的："贫女某某某，天津大直沽人氏，家住天津富有大街元宝胡同一号，自幼失恃，父女二人相依为命，苦度贫寒。不幸父亲大人身染重病，一命归天，现停尸家中，无力收殓。走投无路，无以为计，贫女只得求助于积善人家，求舍薄木棺一口，掩埋先父大人归天。小女子无以为报，只愿来世生做牛马报答葬父之恩。"

"唉，可怜呀可怜！"我爷爷一看见地状，当即就落下了眼泪：世上还有什么事比亲人去世更可悲的呢？而世上还有什么事比无力掩埋亲人更可怜的呢？“吴三代,你快出来看看,问这个女子要用多少钱,你只管到账房支出来给她好了。”

听得我爷爷这样一说,那个跪在地上的女子连连地向他磕头:“谢谢大善人！小女子自知苍天有眼,祈祝大善人家子孙满堂,世代公侯不绝！”说着,那个女子就哭出了声来。

这时,一直站在一旁的吴三代便忙走过来对我爷爷说道:“老主子,这种事不是一户人家所能施舍得了的,您老发善心,最多也就是舍她一口薄木棺材罢了,您老怎么可以把她的事全管下来呢？您老知道,这种事没有个千儿八百的是下不来的。”

“总共要多少钱？”我爷爷回过身来向吴三代问着。

“一口薄木棺材三百;至少也要定一堂经,又是一百;到义地买下一个穴,少说也要二百;再加上零星花销,再节省也下不来一千元的。”吴三代在心里草草地算了算,回答着说。

“不就是一千元钱吗？那比起修尼姑庵来,还少得多着呢。救人救到底,历来就是我做人的本分,你只管到账房去把钱取来就是。”我爷爷毫不犹疑地对吴三代说着。

“是,奴才遵命就是。”吴三代答应着就要走了,只是在回院之前,他还向那个跪在地上的女子看了一眼,随着还向那个女子说道:“侯老太爷这样施恩于你,你怎么还只捂着脸哭呢?还不抬起头来认一认你的这位恩人,来日也好报答。”

“三代,你就不要难为人家孩子了,快回院里把钱取来交她就是。”我爷爷见吴三代一定要那个女子致谢,就忙着催吴三代快回去取钱。

“老主子,地面上的规矩,这种事,就是施舍,那也是不能把钱交给求施舍的本人的,一定要把钱交到地方的手里,由地方出人为丧主料理办事。”吴三代对我爷爷说。

“无论是把钱交给谁,你只管去办就是了。”说罢,我爷爷就坐上他的车子,忙着办他的事情去了。

晚上回来之后,不等我爷爷问,吴三代就过来向我爷爷禀报说是一切都办妥了。说过之后,吴三代又说道："怎么我看着这件事有点儿不对劲呢？"

"有什么不对劲的？"我爷爷向吴三代问。

"老主子您说，这个落难的女子怎么就知道咱们府是善人府呢？"吴三代疑惑地问。

"那一定是她听人家说的呗。"我爷爷随便地回答着说。

"可是，我还是想，这个落难女子怎么就一直不肯抬起头来呢？"

"她重孝在身，哪里还能抬头呢？"

"老主子说得对，全都是我多想了。"吴三代再也不说什么了，随着就出去忙他的事去了。

施舍钱财，帮助一个不幸的女子发丧了她的老爹之后，我爷爷心里似乎平静多了，芸儿落发为尼的事，也就觉得似是得到补偿了。这时，我爷爷开始要对侯家大院进行整顿了。怎么一个整顿办法？也没进行什么改革，就是做了一件事，那就是把府里凡是年轻而又没有婚配的女用人，全部放回原籍；也不是永远除名，什么时候她们出嫁了，而且还生了儿女，那时候只要她们还想回来，侯姓人家的大门永远是对她们开着的。为什么要这样做？就是怕再出芸儿姑娘那样的事，亡羊补牢吧，不是总比不补的好吗？

侯家大院进行整顿，几乎用了一年的时间。怎么还要用这么长的时间？不是有阻力嘛！各院里报上来的名单总是有埋伏，放出去了一些人，可是再到各院里一看，还是有如花似玉的年轻女子出来进去，我爷爷就又找各房里的老爷子们谈话，再做工作。这样过了一些日子，又报上来了一个名单，再放出去一批。可是再一看，还是有漏洞，这样就要再进行一次补课。前后用了一年的时间，才算把这项工作做完。你说说，一个家庭想做点什么事情还是这样难，再大到一个国家，那若是想做点什么事情，岂不是就更难了吗？所以，有的事情上边不是没有看出来，就是你们要有耐心。

呸！这关你的屁事？

经过这番整顿之后，果然见效，侯家大院再也不出丑闻了。再加上我爷爷继续行善举，这样我们侯姓人家的名声又渐渐地好起来了。到了下一年的春天，我爷爷又做了一件善事，这时候离着给我们家立善人坊已经是没有多少日子了。

那也是一天的早晨，吴三代才打开大门，还没容他开始做每天要做的事，就只见他匆匆地跑回府来，把我爷爷请到了府门口。一看，又是一个求助的女人跪在了我们家的门外，地上也是铺着一张纸，也是写满了字，又是告地状的。也真是邪了门儿了，我们家成了地状衙门了！

告的是什么地状呢？走过去一看，上次是丧父，这次是丧公爹，那地状上写的状文，也实在是太感人了："孝妇某门某氏，天津西沽人氏，自幼依父母之命，媒妁之言，嫁到夫家，与夫君某某某结为夫妻。不料孝妇命苦，夫君突然暴病身亡，从此孝妇与公婆二老相依为命，代夫尽责尽孝，至今已经四十余年。不幸，本月某日，公爹竟也染病，虽经孝妇尽力各方求医，也终无力回天，公爹竟于前日归天，现停尸家中。公爹染病多日，家中已是一贫如洗，如今百年寿终，贫妇实已无力殓葬。如是，无奈只得求助于各位贤人广行善举，帮助孝妇成殓公爹。孝妇无以为报，只求来世生为牛马效忠恩人"云云。

怎么办？照章办事，我爷爷立即吩咐吴三代到账房支钱。多少钱？还是一千元。拿着这一千元钱，吴三代一个劲地摇头："我怎么觉得这事越来越不对劲呢？怎么这告地状的人就全找到侯家大院来了呢？头上顶上一个孝帽子，在地上一跪，这一千元钱就拿到手了！这不也太容易了吗？我吴三代在侯家大院当差一年，也就是一百元的工钱，我还不如告地状挣得多呢！"牢骚归牢骚，钱总还是要给的，就这样吴三代把一千元钱又交到了地方的手里，也就是交到了常闲人的手里。

前后两次为告地状的人发丧家人，我们侯家大院的善人名声果然为之大振。据吴三代带回来的消息说，常闲人已经说了，今年无论如何也要操持给侯家大院立起善人坊，当然也还是差一点钱罢了。吴三代还说，他已经和常闲人说了，反正这件事，你也就凭良心吧，我们老主子为了立善人坊，那是已经花费不少的钱了。立一个善人坊多不过也就是三五百元的事，两次行善举，我们老主子就用了两千元，足够立五座善人坊的。什么时候立善人坊，你常闲人就琢磨着办，别到时候逼得我说出好听的来。这时候我爷爷就责怪吴三代说，立善人坊是地方上的事，我们怎么可以强求呢？

“老主子，您老是读书人，您老不知道外面的事，常闲人那小子可不是东西了！不到时候，我是不说的，真逼我到了该说话的时候，我一张口，他们就全都现出原形来了。”吴三代生气地说。

平平静静地又过了一年，到了冬天，我爷爷又开了粥厂，又舍了棉衣；而且，开粥厂的时候又给常闲人送去了一笔钱，舍棉衣的时候又送去了一笔钱，反正这么说吧，我们家在穷人身上花多少钱，也就要在常闲人的身上花多少钱，已经是把常闲人喂肥了，可是那件只有常闲人能操持的立善人坊的事，还是迟迟不见动静。

“常闲人，你说，到底什么时候给我们老主子立善人坊？”吴三代已经有点不耐烦了，他背着我爷爷找到了常闲人，开门见山，不客气地质问着说道。

“这事由不得我呀！”常闲人万般为难地回答着说,“立善人坊的事,我已经联络下不少的人了,大家也都说侯老太爷家应该立善人坊。可是你要知道,立善人坊至少要有四处地方的民众联合具名。侯老太爷施舍过大直沽的人,也施舍过西沽的人,加上咱们本地,这样就一共是有三处地方了,只要我再联络上一个地方,这善人坊就算立起来了。”

“你自己估量着办吧,反正咱们是以今年年底为限。到时候你再不给我们老主子立善人坊,你可是当心着点。”说罢,吴三代就回来了。

吴三代回家之后,也没向我爷爷说他去过常闲人家的事。他胸有成竹,就在家里等着常闲人带领民众给我们家立善人坊来了。

可是又等了三个月,还是没见动静。吴三代刚有些不耐烦,突然又是在一天的早晨,大门外又来了告地状的人了。这个告地状的人是一个七十多岁的老婆子,自称是天津丁字沽人士。天助我也!这第四处地方的人找上门来了。

只是,这从丁字沽来的人胃口太大了。她不像前两个人那样，一个为发丧父亲，一个为发丧公爹；这个人也不穿孝，家里也没有丧事，她是为民请命。那地状上写着，什么什么军阀，要向丁字沽征兵十八名；去年丁字沽就已经被征走强壮青年十八名，这十八名青年已经全都死在了疆场；今年还要再征十八名强壮青年，丁字沽的青年已经快要被征光了。“丁字沽强壮男子先后已被征兵而去，如今再要征兵十八员，丁字沽一带就要家无男丁了。为此求助于各位贤人，盼代丁字沽买兵十八名，以留下我丁字沽男儿延续宗庙，我丁字沽民众无以为报……”

“这要多少钱呀？”我爷爷一看这张地状，心里也是有点拿不定主意了。据他所知，一个兵号，要卖到八百元，买十八个兵号，就得一万五千元。算了，这个善人坊，我不立了。“唉！不行善举，光靠出钱，是买不到善人坊的！”我爷爷叹息了一声之后，眼泪就流了下来，立善人坊的事，他算死了心了。

为了立善人坊，这许多年来我爷爷神采奕奕地打起精神行善举，眼看着立善人坊的事永远不可能了，一下子我爷爷就像是一只泄了气的皮球似的，立时，就全身瘫软得没了一点儿力气，一弓身，他坐在了大门外的石头门墩儿上，一声一声地就哭出了声来："孽障儿孙们呀！你们好歹做点人事，何至于要我这样拼死拼活地立什么善人坊！如今眼看着善人坊是立不成了，是什么下场，你们自己就好自为之去吧，我是救不了你们这些孽障们了！"我爷爷哭着喊着，那景象实在是太惨不忍睹了。

"不能！"说话的人是吴三代，他看我爷爷哭得这样伤心，过来就把我爷爷搀了起来，"老主子，您老先别难过，这事也到了咱们应该说话的时候，有人看着我们侯家大院好欺，也不能就这样手黑呀！老主子，这次你就看我的吧！"

话没说完，吴三代一步走过去，就把跪在地上告地状的那个老婆子揪了起来。

"三代，你不可放肆！"看着吴三代撒野，我爷爷立即上来阻拦。只是这时吴三代早把那个老婆子揪了起来，瞪圆着一双眼睛，他就喊了起来：

"回去对你儿子常闲人说，你们也太心黑了！头一次是你常闲人的女儿找上门来，告他娘的地状，说是什么孝女求助，我们老主子发善心施舍了一千元钱，全让他一个人独吞了。第二次，又是你常闲人的媳妇来告他娘的地状，说是什么孝妇为公爹求施舍，我们老主子心善，又施舍了一千元，又到了你儿子的手里。这次你儿子又把你放出来告他娘的地状，你们是越吃胃口越大，这次你们开出的价码已经是到了十八名兵号的地步了。再下去，你们还不得就开出天津卫的价码了吗？走！我跟你回家，把你儿子送到官府去，我不告地状，我告人状，我就告你常闲人诡诈钱财。你当我不认识你们家的人怎么的？就算我不认识，这地方上也有人认识。实话对你说吧，早有人告诉我，两次告地状的人，一个是你的孙女，一个就是你的儿媳妇。你孙女没有死爹，你儿媳妇也没有死公爹，你更不是什么丁字沽人氏，我吴三代就是丁字沽的人，我怎么就没见过你这个丁字沽的人呢？走，跟我找你儿子去！”

“哎呀，我的大爷呀！您老先别闹，咱们有事好好说还不行吗？”一听吴三代识破了常闲人的诡计，这个老婆子一下子吓呆了，她二话没说，一骨碌从地上爬起来，拉着吴三代就想往没人的地方跑。只是这时候吴三代已经是不饶人了，他揪着常闲人老妈妈的衣服，站在大街上就喊了起来：

“过往的行人们你们听着！这个人是常闲人的妈妈，他们一家人串通一气做缺德事……”

“哎呀，我说这位爷，你喊个什么呀！咱们好说好了，不就是立善人坊吗？我回去对我儿子说，明天就把这个善人坊给你的老主子立起来。”常闲人的妈妈也不是等闲之辈，她一句话就把吴三代的话拦了下来，果然，吴三代就再也不出声了。

后面的故事，也就没有什么意思了。当然我们家的善人坊是立起来了，就为了这座善人坊，我们多少年都说不清，无论如何交代罪行，革命群众也是不满意；若不是改革开放，我们家立善人坊的事还是说不清楚。这一下你们该明白了吧？常闲人从我们家坑走了无数的钱财，我们家就从他手里坑来一座善人坊。

不是总说做什么什么人也要立牌坊吗？当什么什么人的事，我不知道，至于立牌坊，就是这么一回事；而且我说的全是真事，还是那句话，希望大家要信以为真才是。